ホーム

TONI MORRISON COLLECTION

トニ・モリスン
大社淑子＝訳

早川書房

ホーム

装幀／坂川事務所
写真／斎藤 実

スレイドに捧ぐ

ここは誰の家？
ここでは、誰の夜が光をさえぎっているの？
教えて。この家の持ち主は誰なのか。
わたしの家ではない。
わたしは別の、もっと明るく、やさしい家を夢見てきた。
色あざやかな船が横切る湖が見え、
両腕を開いてわたしを迎えてくれる野原が見えるところ。
この家は異様だ。
いつまでも影が霽《は》れないから。
ねえ、教えて。どうしてわたしの鍵が錠前に合うの？

1

やつらは人間のように立ち上がっていた。ぼくたちはやつらを見た。やつらは、人間のように立っていた。

ぼくたちはその場所の周辺に近づくのを禁じられていた。ジョージア州ロータス郊外のたいていの農場のように、この場所にはたくさんの恐ろしげな警告の標識が出ていた。ほぼ五十フィートごとに、金網のフェンスに細長い木の札に書かれた脅し文句がぶらさがっている。だが、なにかの動物――コヨーテか、ひょっとしたらアライグマ用猟犬――が掘ったらしい這いこみ穴を目にすると、入ってみたくて仕方がなくなった。ぼくたちは、ほんのガキだったから。草は彼女の肩の高さまで、ぼくの腰のあたりまで生い茂っていた。蛇に用心しながら、ぼくたちは腹ばいになってフェンスを抜けた。服には草の汁がついたし、ぼくたちの目に向かって雲のようなブヨの大群が襲いかかってきたが、来ただけの甲斐はあった。そこの、五十ヤードばかり離れたぼくたちの目の前に、やつらが人間のように立っていたからだ。やつらの高くかかげた蹄が、すさまじい音を立てて相手を蹴っていたし、たてがみが荒々しい白目の上から後ろになびいている。やつらは犬のように互いに嚙み合っていたが、後ろ脚で立ち上がると、前脚は相手の肩甲骨のまわりにかかるのだ。ぼくらは驚いて、息を呑んだ。一頭は錆色をしており、もう一頭は濃い黒で、両方とも陽光を受けて、汗をかいている。いななき声も恐ろしかったが、後ろ脚が相手の上向きの唇を蹴ったあとの静寂に比べると、さほどでもない。近くでは、子馬や牝馬が、まったく無関心に草を食《は》んだり、遠くを眺めたりしていた。それから、突然争いが止んだ。錆色をした馬が頭を垂れ、前脚で地面を搔く。他方、勝ったほうの馬は、弧を描いて軽やかに跳び、前にいた牝馬たちの注意を促した。

ぼくたちは、向こうのほうに並んで駐車しているトラックの列を避け、肘をついて草のなかを這い戻りながら、這いこみ口を探しているうちに、道に迷ってしまった。フェンスをもう一度見つけるまで気が遠くなるほどの時間がかかったが、ぼくらは二人とも恐怖に陥ってはいなかった。低いが切羽つまった声がするまでは。ぼくは彼女の腕をつかんで、指を唇に当てた。絶対に頭は上げず、草の間から盗み見ただけだが、ぼくらは、彼らが手押し車から死体を引きずり出し、すでに掘りあげてあった穴に投げこむのを見た。片方の足が穴の縁から突き出て、震えている。まるで外に出ることができるかのように。ほんの少しがんばれば、シャベルでかけられている土をはねのけて出てくることができるというかのように。死体を埋めている男たちの顔は見えず、見えたのはズボンだけだったが、シャベルの先が突き出た足をぐいと押しこみ、体の残りの部分に合流させるのが見えた。クリームがかったピンクの足の裏には、泥の筋がついている。その黒い足が墓のなかに叩きこまれるのを見たとき、彼女の体全体が震えはじめた。ぼくは妹の肩をしっかり抱いて、その震えをぼく自身の骨に取りこもうとした。ぼくは四歳年上の兄として、その震えを止めることができると思ったからだ。男たちはとっくの昔に消えており、草の一本やそこら動かしても大丈夫だという気がして、フェンスの下のへこんだ部分を探しながら腹ばいで進んでいるうち、月はもうボール球のようにまん丸になっていた。家に帰ったとき、こんなに遅くまで外にいたので、ぼくたちは鞭打ちされるか、少なくとも叱られると覚悟していたけれど、大人たちはぼくたちに気づかなかった。何か困ったことが彼らの注意を引いていたからだ。

あなたはぼくの物語を語ろうと心に決めているのだから、何を考えようが、何を書こうが自由だが、これだけは覚えておいてほしい。ぼくは本当に埋葬の件は忘れてしまったということを。ぼくが覚えていたのは、馬のことだけだ。馬は実に美しく、実に残酷だった。そして、人間のように立っていた。

2

息をする。目が覚めていることを誰にも知られないように息をするには、どうすればいいか。深いリズミカルないびきをかいているように見せかけ、下唇を開くのだ。いちばん大事なことは、瞼を動かさないこと。心臓は規則正しく鼓動していなければならないし、両手はぐんにゃりしていなければならない。午前二時。患者にもう一度体の自由を奪う注射をしなければならないかどうかを決めるため、見回りに来たとき、二階の十七号室の患者はモルヒネによる深い眠りに沈んでいるのを、彼らは見るはずだ。そのさまに納得すれば注射を省略して、両手の血のめぐりをよくするため手枷をゆるめるかもしれない。泥だらけの殺戮地域で死んだまねをするのと同じように、半昏睡状態のまねをする技術は、ひとつの中立的なものに精神を集中することだ。何であれ生命の息吹を圧し殺すものに。氷がいい、と彼は考えた。立方体の氷。氷柱。

氷の張った池。あるいは霜の降りた風景。いや、だめだ。凍った丘には、あまりにも多くの感情がつきまとっている。では、火は？　絶対にだめ。勢いがよすぎる。どんな感情もかきたてず、楽しかったことも、恥ずかしかったことも思い出させない何かが要る。そのようなものを探すだけで、どきどきしてくるではないか。あらゆるものが、痛みを伴う何かを思い出させた。まっさらの紙一枚を思い浮かべるだけで、心は彼が受け取った手紙——のどを締めつけた手紙——のほうへ飛んでいく。「急いで来てください。遅れたら、彼女は死んでますよ」ついに彼は、どんなものとも関係のない中立的なものとして、部屋の隅に置いてある椅子に落ち着いた。木製。オーク材だ。ラッカーかオイルステンが塗ってある。背部には、何枚の小割板が使われているのだろう？　座部は平らなのか、お尻の形にカーヴしているのか。手作りか、機械出来か。手作りだとしたら、職人は誰なのか、どこから木材を運んできたのか。だめだ。どうしようもない。その椅子はまったくの無関心ではなく、いろんな疑問を次から次に提起するからだ。曇った日に、軍隊輸送船のデッキから眺めた大洋はどうだろう——水平線は見えず、見える望みもないのか？　いや、それはだめだ。下で冷やしている遺体のなかの何人かは、たぶん、同郷の仲間だったからだ。何かほかのものに集中しなければならない。星のない夜空はどうだろう？　さもなければ、もっといいものがある。線路だ。景色もなければ、汽車もない。ただどこまでも無限に続く線路。

彼らはシャツも編み上げのブーツも取り上げたが、ズボンと軍服の上着だけは（どちらも自殺する道具としては不適当だから）ロッカーのなかに掛かっている。彼はただ廊下を通って、非常口のドアにたどりつくだけでいい。ドアは、その階が火事になって、看護師一人と患者二人が焼死してからは、一度も鍵がかかっていたことはない。これは、おしゃべりの雑役夫のクレインが、患者の腋の下を洗いながら、勢いよくチューインガムを嚙み嚙み、話してくれたことだった。だが、実際は、職員が休み時間に煙草を吸いに出るための体のよい口実にすぎない、と彼は考えていた。最初の逃亡計画は、次回クレインが汚物の清掃に来たとき、やつをぶちのめすことだった。だが、そのためには手枷をゆるめる必要があったし、偶然に頼りすぎることになるので、彼は別の戦略を立てたのだ。

二日前、パトロールカーの後部座席に手錠で繫がれていたとき、彼は乱暴に頭をねじって、自分がどこにいるのか、どこに行こうとしているのかを確かめようとした。この界隈には一度も来たことがない。セントラル・シティが彼の縄張りだった。とくに目立つものは何もなかったが、飲食店のどぎついネオンの看板と、小さなアフリカ系メソジスト監督教会シオンを示す巨大な標識だけが見えた。もし無事に非常口から外に出ることができたら、彼が真っ先にめざすのは、そこ、シオンだった。とはいえ、脱出する前に、どうにかして、何らかの手段で、靴を手に入れなければならない。どこであれ、冬に靴なしで歩くということは、逮捕されて、浮浪罪のかどで判決を受けるまで、もとの病棟に連れ戻されることを保証するようなものだった。浮浪罪というのは、興味深い法律だ。その意味は、外に立っているか、どこへ行くのかはっきりした目的を持たないで歩きまわることなのだ。本を持っていれば役に立つが、裸足では「目的がある」ということに矛盾するし、じっと立っていれば「徘徊」という苦情が出るかもしれない。合法、非合法を問わず、こてんぱんにやっつけられるには、外にいる必要はないことを彼は何よりもよく知っていた。何年もの間、外出しないで家のなかに閉じこもって暮らしていたとしても、それでもなお、警察のバッジをつけていようが、いまいが、つねに銃を持った男たちがやってきて、あなた方や家族や隣人に――靴をはいていようが、いまいが関係なく――荷造りをして出ていくよう強制できるのだ。二十年前、四歳だったとき、彼には靴があった。片方の靴底は一足歩くたびに口を開いたけれど。町外れに住んでいた十五軒の住民たちが、そのささやかな界隈から立ち退きを命じられたのだ。二十四時間のうちに立ち退け、さもなくば、と言われた。「さもなくば」の意味は「死ぬ」ということだった。警告が来たのは早朝だった。だから、その日は一日中、混乱と怒りと荷造りでめちゃめちゃになった。夜になる前に、太部分の家族は出て行った――車があれば車に乗って。なければ徒歩で。それでも、頭巾をかぶった者、かぶらない者、いずれの男たちの脅しにも、隣人たちの懇願にも屈しないで、クロフォードという名の老人がポーチの石段にすわって、立ち退きを拒否した。膝の上に肘をつき、両手を組み合わせ、煙草を噛みながら、彼は一晩中待った。すると、二十四時間後の夜明けとともに、彼は鉄パイプやライフルの銃床で死ぬまで殴られ、その地方でいちばん古いマグノリアの木――彼自身の家の前庭に生えていた木――に縛りつけられた。ひょっとしたら彼がこれほど頑固になったのは、その木に対する愛情のせいだったのかもしれない。木は彼の曾祖母が植えたものだそうで、彼はいつも木の自慢をしていた。暗い夜のうちに、逃げかけていた隣人たちのうちの何人かがこっそり引き返して、縄をほどき、愛していたマグノリアの下に彼を埋葬してやった。墓を掘った人々のうちの一人が、聞く耳を持った人全員に、クロフォード氏の両目はくり抜かれていた、と話した。

この逃亡劇には、靴が必要不可欠だったが、患者はまったくの靴なしだった。夜明け前の四時に、彼はどうにかこうにかカンバス地の手枷をゆるめ、自由になって、病院から支給された寝巻を引き裂くように脱いだ。それから、軍服のズボンと上着を身につけ、靴なしで、そっと廊下を歩いて行った。非常口の隣の部屋から泣き声が洩れているほかは、すべてが静かだった――雑役夫の靴のきしる音も、押し殺した笑い声もせず、煙草の煙もない。彼がドアを開いたとき、蝶番がきしみ、寒風がハンマーのように彼を打った。

非常階段の凍った鉄の冷たさはあまりにつらかったので、彼は手摺りを飛び越え、地面のもっと暖かい雪のなかに足をめりこませた。姿の見えない星の分まで異様に輝く月が必死の彼の熱情に呼応して、彼の丸めた肩と雪の上に残った足跡を照らしている。ポケットには軍のメダルが入っていたが、小銭がないので、リリーに電話するための公衆電話を探そうという気持ちは一度も起こらなかった。とにかく、彼女に電話する気はなかった。冷淡に別れたためだけでなく、いま——精神病院から裸足で逃げ出したいま——彼女を必要とすることは、恥ずべき所業に思われたからだ。首のまわりにしっかり衿を立て、シャベルで雪かきをしてある歩道を避け、縁石のところの雪を選んで、病院で飲まされた薬の名残りが許すかぎり早く、六ブロック走って、アフリカ系メソジスト監督教会シオンの牧師館にたどりついた。小さな二階建ての羽目板建築だ。ポーチへの石段は完全に雪かきがしてある。だが、家は暗い。両手が凍えて動かなかったわりには精一杯はげしくノックしたと彼は思ったが、ある市民グループや暴徒や警察の、脅すようなバンバンという叩き方ではなかった。しつこく叩いた甲斐があって明かりがつき、ドアがほんの少し開き、その後もっと大きく開けられ、フランネルの化粧着を羽織った胡麻塩頭の男の姿が見えた。手には眼鏡を持ち、夜明け前に訪ねてきた人間の非常識に顔をしかめている。

彼は「おはようございます」とか、「すみません」と言うつもりだったが、舞踏病の患者のように体がはげしく震え、どうしようもなく歯がガチガチ鳴るので、声を出すことができなかった。戸口の男は震えている訪問者の状態をすっかり見て取り、それから後ろに下がって、彼をなかに招き入れた。

「ジーン！　ジーン！」彼は二階に声が聞こえるように階段のほうを向いてこう叫んでから、なかに入るよう客を促した。「なんてこった」と、彼はドアを閉めながら、もぐもぐとつぶやいた。「ひどい有様だね」

彼はほほえもうとしたが、できなかった。

「わたしの名はロックだ。ジョン・ロック師だ。きみの名は？」

「フランクです。フランク・マネー」

「きみは通りを下ってきたのかね？　あの病院にいたの？」

フランクはうなずき、その間も足踏みをしたり指をこすったりして、感覚を取り戻そうとした。

ロック師はうなった。それから、「かけなさい」と言い、頭を横に振って、付け加えた。

「マネー君。きみは運がよかったんだよ。連中はたくさんの死体をあそこから売ってるんだからね」

「死体を？」フランクはソファに沈みこみ、男が話していることにはぼんやりとしか注意を払わず、驚きもしなかった。

「そうさ。医科大学にね」

「死体を売ってるんですって？　いったい何のために？」

「そうだな、わかるだろ。医者たちは生きている金持ちを救うために、死んだ貧乏人の体をあれこれいじらなきゃならんのさ」

「ジョン、やめて」ジーン・ロックが化粧着のベルトを締めながら、階段を降りてきた。「そんなこと、ばかげたたわごとよ」

「家内だ」とロックが言った。「妻は蜂蜜のようにやさしいけれど、間違ってることがよくあるんだよ」

「こんにちは、奥さん。本当にすみません……」フランクは立ち上がったが、まだ震えていた。彼女はその言葉をさえぎった。「詫びる必要はないわ。すわったままでいて」と彼女は言って、台所に姿を消した。

フランクは言われた通りにした。風がないだけで、家のなかは外とほとんど同じほど寒く、ソファの上にピンと張られたビニールの椅子カバーは全然暖かくなかった。

「家が寒すぎたらごめんよ」ロックはフランクの唇が震えているのに気がついた。「このあたりじゃ、ふつう雪ではなくて雨が降るんだけどな。とにかく、どこから来たの？」

「セントラル・シティです」

ロックは、それがすべての説明になったとでもいうかのように、うなり声を出した。「きみは、そこに帰るつもりなのかね？」

「いいえ。ぼくは南に行く途中なんです」

「さて、きみは刑務所に入る代わりにどうしてあの病院に入ることになったの？　あそこは、たいていは裸足で、半分裸のような連中が行くところだからね」

「血のせいだと思います。たくさんの血が顔を流れ落ちたんです」

「どうして、そういうことになったの？」

「わかりません」

「覚えてないの？」

「はい。覚えてるのは、音だけです。大きな、とても大きな音でした」フランクは額をこすった。「ひょっとしたら、喧嘩してたんでしょうか？」フランクはどうして自分が縛られ、二日間鎮静剤を与えられたのか、牧師にはわかっているかのように質問をした。

ロック師は心配そうなまなざしで、彼を見た。迷惑がっているのではなく、心配しているだけだった。「きみが危険だと考えたんだろうね。ただ具合が悪かっただけなら、絶対に入院はさせないはずだ。正確に言って、いったいどこに行くつもりなのかね、兄弟？」彼は両手を後ろで組んだまま、まだ立っている。

「ジョージアです。行くことができれば」

「まさか。うんと遠いところだよ。マネー兄弟はマネーをお持ちかな？」ロックは自分の洒落にほほえんだ。

「あの人たちがぼくを捕まえたときは、持ってました」とフランクは答えた。いま、ズボンのポケットには軍のメダルしかない。それに、リリーがいくら手渡してくれたか、思い出すことはできなかった。覚えているのは、への字形に曲がった彼女の唇と、許そうとはしない目だけだ。

「だが、もう無くなってしまったと言うんだろ？」ロックは横目で彼を見た。「警察がきみを探しているのかね？」

「いいえ」とフランクは言った。「探してはいません。連中はただぼくを捕まえて、精神病院に入れただけです」彼は両手を口の前で丸めて、息を吹きかけた。「告発はされなかったと思います」

「告発されたとしても、きみにはわからないわけだ」

ジーンが冷たい水を入れた洗面器を持って戻ってきた。「ここに足を浸けなさい。冷たいけど、あんまり早く温めないほうがいいでしょう」

フランクはささやき声で「ありがとう」と言って、両足を水に浸けた。

「どういうわけで、あの人たちは彼をあそこに入れたの？　警察という意味だけど」ジーンは夫にこの質問をした。ロックは肩をすくめただけだ。

本当にどうしてなのか。B29機（アメリカが開発した大型ジェット爆撃機）のような轟音を別にすると、彼がやって警察の注意を引いたことは、すっかり記憶から抜け落ちていた。彼は助けてくれようとしているやさしい夫婦に対してはもちろん、自分にもそれを説明することができなかった。喧嘩していたのでなかったら、歩道に立ち小便をしていたのだろうか。通行人や学童に対して、罵り言葉を吐いたのだろうか。壁に頭を打ちつけていたのか。さもなければ、誰かの家の裏庭の茂みの後ろに隠れていたのだろうか。

「挙動がおかしかったのでしょう」と彼は言った。「何か、そんなことです」本当に思い出せなかったのだ。突然、バックファイアの音がして地面に伏せたのか。見知らぬ人間に対して、喧嘩をしかけたのかもしれない。あるいは、木々の前で泣きはじめたのか――一度もやったことのない行為に対して、木々にお詫びを言いながら。彼がたしかに覚えているのは、彼の用事が本当にまじめなものであったにもかかわらず、彼の後ろでリリーがドアを閉めるがはやいか、どうしようもない不安に駆られたことだ。長旅に備えて自分を落ち着かせるために、彼は二、三杯酒を買って飲んだ。バーを出たときには、不安は消えていたが、正気も失せていた。あれこれすべてに腹が立つ気持ち、他人への非難という姿をとった自己嫌悪が戻ってきた。それから、フォート・ロートンでまともに動きはじめた記憶も。彼は除隊になるとすぐ、フォート・

ロートンから放浪を始めたのだった。船を降りたときには、故郷へ電報を打とうと考えた。ロータスには電話を持っている人はいなかったからだ。だが、電話交換手たちのストライキに合わせて、電報局の人たちもストライキをやっていた。だから、二セントの葉書に「無事に帰国した。もうすぐみんなに会えるよ」と書いた。「もうすぐ」は絶対に来なかった。「同郷の友人たち」といっしょでなければ、故郷には帰りたくなかったからだ。彼はあまりにも元気に生きているので、マイクやスタッフの家族の前にはとうてい姿を現わすことはできなかった。彼の安らかな息づかいや無傷の体は、家族には侮辱のように思われるはずだから。その上、どれほど勇敢に彼らが死んだかということについて、どんなに上手な話をでっちあげたとしても、家族が憤激するのを責めることはできなかった。おまけに、彼はロータスが大嫌いだった。ロータスの不寛容な住民たち、彼らの孤立、とりわけ将来に対する無関心は、同郷の友人たちがそばにいてくれたからこそ、耐えてこられたのだ。

「帰国してからどのくらい経つんだね？」ロック師はまだ立ったままだったが、表情はやわらいでいた。

フランクは頭を上げた。「一年くらいです」

ロックがあごを掻いて、口を開こうとしたとき、ジーンがカップとソーダクラッカーをのせた皿を持って戻ってきた。「塩をたくさん入れた、ただのお白湯よ」と彼女は言った。「飲み干すのよ。でも、ゆっくりと。毛布を持ってきてあげるわ」

フランクは二口すすって、それから残りをがぶ飲みした。ジーンがお代わりを持ってきて、

「クラッカーをお白湯に浸したら。もっと食べやすくなるわよ」と言った。

「ジーン」とロックが言った。「〈慈善箱〉のなかに何が入っているか見ておいで」

「靴も要るわよ、ジョン」

余っている靴はなかった。それで、二人はソックス四足と、裂けたオーバーシューズをソファのそばに置いた。

「少し眠りなさい。これから、大変な旅をしなけりゃならんのだから。ジョージアのことだけを言ってるわけじゃないよ」

フランクはビニールの椅子カバーとウールの毛布の間で眠りに落ち、人体の断片がまだらに散らばっている夢を見た。トーストの匂いがして目が覚めると、陽光がさんさんと降り注いでいる。自分の居場所を悟るには、ほんの少し時間がかかった。いつもより長い時間が。二日間病院で与えられた薬の名残りが、徐々に抜けていった。自分がどこにいるにせよ、太陽のまぶしさで頭が痛くならなかったことに彼は感謝した。起き上がると、絨毯の上にまるで折れた足のように、きちんと畳んだソックスが置かれているのに気がついた。それから、もう一つの部屋でのささやき声を耳にした。ソックスを見つめていると、直前の過去に焦点が合ってきた。

病院から逃げ出し、凍るような寒さのなかを走って、ついにロック師と彼の妻のもとにたどりついたのだ。そういうわけで、もう一度現実の世界に戻ることができたとき、ロックが入ってきて、三時間の睡眠はいかがだったかな、と訊いた。

「よかったです。元気になりました」とフランクは言った。

ロックは彼を浴室に連れて行き、洗面台にひげ剃り道具一式とヘアブラシを置いた。ソックスとオーバーシューズを履き、顔を洗って、彼はズボンのポケットを探り、雑役夫たちが二十五セント銀貨や十セント銅貨など何か見落としてくれていないか確かめたが、残してくれたのは歩兵戦闘勲功章のメダルだけだった。もちろん、リリーがくれた金は消えている。フランクは、表面が琺瑯のテーブルについて、オートミールとたっぷりバターを塗ったトーストの朝食を食べた。テーブルの真ん中には一ドル紙幣八枚と、一握りのコインが置いてある。ポーカーの賭け金のようだったが、きっと、もっと苦労して手に入れたものだろう。小さなコイン入れからこぼれた十セント銅貨。いやいやながら子供たちがくれたニッケル貨。彼らはもっとほかの（すてきな）ものにそれを使いたかっただろうに。家族全員の気前のよさを表わすドル紙幣。

「十七ドルあるよ」とロックが言った。「ポートランド、それからシカゴの近くまで行くバス代としては十分すぎるくらいだ。それでも、ジョージアに行くにはたしかに足りないが、ポートランドに着いたら、こうすればいい」

彼はフランクに、バプテスト教会の牧師、ジェシー・メイナード師に連絡するようにと言った。そうすれば、彼がその先に電話をして、別の牧師を探すよう指示してくれるだろう、と。

「別の牧師さん？」

「そう、きみがまったくの最初だというわけではないんだよ。人種統合部隊というのは、悲惨状態の統合だね。きみたちはみんな戦争に行って、帰ってくるが、あいつらはきみたちを犬のように扱うんだ。それは改めるべきだ。犬の扱いのほうがましかもしれん」

フランクは彼をじっと見つめたが、何も言わなかった。軍隊は彼をそれほどひどく扱ったわけではない。ときどき彼の頭が変になるのは、彼らのせいではない。実のところ、除隊係の医師は親切で思いやりがあった。そして、そのうちに不調は収まるだろうと言った。彼らにはこの件のことは何でもわかっていたが、よくなると保証してくれたのだ。ただアルコールには近づくな、と言った。言いつけは守らなかった。守れなかったのだ。リリーに会うまでは。

ロックはメイナードの住所が書いてある封筒の折り返し部分を千切ってフランクに手渡し、メイナードは多数の会衆を擁しているから、彼自身のささやかな会衆よりずっとたくさんの助力ができるはずだと言った。

ジーンはサンドイッチ六切れと、チーズ少々、それからボローニャソーセージとオレンジ三個を食料雑貨店のレジ袋に入れた。それから、毛糸の防寒帽といっしょに、それを彼に手渡した。フランクは帽子をかぶり、お礼を言ってから、袋のなかをのぞいて「旅はどのくらいかかるんでしょうか」と訊いた。

「問題ないさ」とロックは言った。「きみはバス停の軽食スタンドにはすわることができないから、一口ほおばるたびに感謝するよ。ねえきみ、きみはジョージア出身で、人種統合部隊に入っていたんだろ。たぶんきみは、北部と南部はずいぶん違うと考えているんだろうね。そんなこと信じちゃいけない。当てにしてもいけないよ。慣習というものは法律と同じほど現実的で、同じほど危険だからね。さあ、元気を出して。車で送ってあげよう」

フランクは、牧師がコートと車の鍵を取ってくるまで、ドアのところに立っていた。

「さよなら。ミセス・ロック。本当にありがとう」

「気をつけなさいね」と彼女は応えて、彼の肩を叩いた。

切符売場で、ロックはコインを紙幣に換えて、フランクの切符を買ってくれた。グレイハウンドの乗車口に並んでいる行列に加わる前、フランクは警察の車が巡回しているのに気がついた。それで、オーバーシューズのバックルを留めるふりをして、かがみこんだ。危険が去ってから起き上がり、ロック師のほうを向いて、手を差し出した。二人の男は握手しながら、じっと見つめあった。何も言わなかったが、目がすべてを語っている。「さよなら《グッド・バイ》」という言葉の元々の意味をこめているかのように。神様があなたを守ってくれますように。

乗客は少なかったが、フランクは律義にいちばん後ろの席にすわった。サンドイッチの入った袋をしっかり抱いて、六フィート三インチの体を縮めるようにして。窓からは、毛皮のように地表を覆う一面の雪景色が見え、葉がなければ話すことのできない静かな木々を、太陽の光が燃え立つように明るく輝かせると、景色がいっそうくすんで見えた。わびしげな家々が雪景色を一変させており、あちこちに散らばった子供たちのワゴンには雪の山が載っている。車道に駐めたトラックだけが生きているように見えた。フランクは、これらの家のなかの有様はどんなだろうかと考えてみたが、全然何も想像できなかった。そういうわけで、素面で一人でいるときによく起こるように、周囲の物事とは関係なく、悪いお告げで粉々に砕け散った占い師の水晶玉のように、両方の手のひらに載った内臓を元の場所に押しこもうとしている若者の姿が見え、顔の下半分だけが無傷のまま残った若者が、その唇で〈母さん〉と叫んでいる声が聞こえてきた。そして彼は、それらの若者たちの上をまたぎ、その周囲をまわっているのだった。生き延びるために、自分の顔が溶けていかないように守り、自分の色鮮やかな内臓を、あの、ああ、薄い、薄い肉の衣の下に保っておくために。その白黒の冬景色を背景に、血の赤が舞台の中央を占めている。これらの光景は、決して消えてはくれないのだ。リリーといっしょにいるとき以外は。彼はこの旅を二人の関係の破綻とは考えないようにしていた。ただの休止にしたかった。それでいて、彼女と暮らすことがどういう有様になってしまったか、彼女の声に疲れきった残酷さが混じり、失望の鈍い羽音が沈黙を象るのを、無視することはむずかしかった。ときどきリリーの顔がジープの正面――情け容赦のないヘッドライトの目、鉄格子のような微笑の上に浮かぶ輝くしかめ面になったように見えた。ふしぎだ、彼女がどんなに変わってしまったかは。彼女のどんなところを愛していたか、たとえば、ほんの少しせり出した腹、膝の後ろ、目を見張るほどの美貌を思い出すと、まるで誰かが彼女を漫画に描き直したかのようだった。そうしたことすべてが、彼のせいだとは言えないはずだ。言えるか。煙草を吸うときには、アパートの建物の外に出たではないか。彼女が好きに使えるように、給料の半分以上をドレッサーの上に置いたではないか。わざわざ彼女のために便座の蓋を上げてやったら――彼女はそれを侮辱だと解釈した。また、浴室のドアから垂れ下がったり、飾り棚や、流しの上の棚、ありとあらゆる収納スペースに乱雑に詰めこまれたりした女性の身の回り道具――膣洗浄器、浣腸器の付属品、メッシンジル（口腔ケア、スキンケア、毛染めなどの女性用製品）の瓶、リディア・ピンカム（ハーブで製造した女性用強壮剤）、コーテックス（タンポン）、ニート脱毛クリーム、化粧クリーム、泥パック、ヘアカーラー、ローション、防臭剤などに驚き、面白がってはいたものの、一度も手を触れたことはないし、質問したこともない。たしかに、彼はときどき何時間も静かに――無感覚になり、口を利くのがいやになって――すわっていたことがある。たしかに、どうにかこうにかやっと手に入れたいくつかの半端仕事を、いつも失ってしまった。それに、ときどき彼女の近くにいると息がしにくくなることがあったが、彼女なしで生きていくことができるかどうか、全然自信はなかった。それはただ愛を交わし、彼が彼女の脚の間の王国と呼ぶもののなかに入っていくことだけではない。胸の上に女の子らしい腕の重みを載せて横たわっていると、するすると悪夢は消え、彼は眠ることができるのだった。彼女といっしょに目覚めたとき、彼がいちばん先に考えるのは、ウイスキーの迎え酒ではなかった。いちばん重要なのは、彼はもう他の女性には惹かれなくなっていたということだった——彼女たちがあからさまに媚態を示そうが、自分たち自身の個人的な楽しみのために飾り立てていようが関係なく。彼は他の女性たちをリリーと比べて評価することはせず、単に人間として眺めるだけだった。リリーといるときだけ、例のさまざまな光景は色褪せ、彼の脳のなかのスクリーンの後ろに入ってしまう。薄い色になるが、待機しているのだ。待機し、非難する。あのとき、どうしてお前は急がなかったのか。急いだら、もっと早く行き着くことができ、彼を助けてやれただろうに。マイクを引っ張ってきたように、彼を丘の後ろに引きずってくることができたろうに。その上、あとでお前がやった、あの殺戮のすべては？　子供を引きずりながら走っている女たち。それから、ほかの人たち、もっと足の速い人たちの足手まといになってはいけないからと、道の端をよろよろ急いでいた、あの松葉杖をついた一本足の老人は？　お前は彼の頭に穴をあけた。それが、マイクのズボンに滲みた凍った尿の償いになり、母さんと叫んでいた唇の復讐になると思ったからだ。復讐できたのか。

役に立ったと言えるのか。それから、あの女の子。彼女の身に起こった事柄にふさわしい、いったいどんなことをあの子がしたと言うのか。こうした口に出さない質問の数々が、彼が見た写真の影の部分に生えたカビのように、どんどん増殖していく。リリーに会う前は。彼女が椅子の上に立ち、彼に作ってやろうとしていた食事のために要るカルメットの缶（ベーキング・パウダー）を取ろうと、戸棚の上のほうの棚に手を伸ばしているのを見るまでは。二人の最初の食事だった。彼は飛び上がって、棚から缶詰を引き出してやるべきだった。だが、そうしなかった。彼女の膝の後ろから目を逸らすことができなかったからだ。彼女が体を伸ばすと、柔らかい木綿のような花模様の布地でできたドレスの裾がもちあがり、あの、めったに見ることのできない、ああ、あの拝みたい肌がむき出しになった。そして、いまだに理解できない理由で、彼は泣きだした。平凡で、率直な愛、それがあまりに急に訪れたので、彼は粉々に打ち砕かれたのだ。

　ポートランドのジェシー・メイナード師からは、まったく愛は感じられなかった。援助はしてくれた。だが、氷のような軽蔑があった。牧師は見たところ、困った人々に献身してはいたが、彼らがきちんとした服装をしている場合にかぎるらしく、元気で、若く、背の高い退役軍人にではなかった。彼はフランクを、オールズモービル98が潜む車道近くの裏のポーチに待たせ、詫びるように「娘たちが家にいるんでね」と言いながら、したり顔でほほえんだ。それは、一枚の外套とセーター、十ドル札二枚を与える代償として嘆願者から取り立てる、税金のような侮辱だった。シカゴに行くには十分な金。たぶんジョージアまでの道程の半分は行けるだろう。とはいえ、メイナード師は彼に敵意を抱いてはいたものの、旅についての有益な情報は与えてくれた。グリーン社の旅行案内から門前払いにはされそうにない下宿やホテルの名前と住所を書きうつしてくれたからだ。

フランクは牧師がくれた外套のポケットにそのリストを突っこみ、メイナードから見えないところに来ると、紙幣をソックスのなかに突っこんだ。駅まで歩いていくうちに、自分がほかの事件——怪しげで、破壊的な、統御できない、不法な事件——を起こすのではないかという神経質な不安は減ってきた。その上、ときどき発作が起こりそうなときはわかるようになっていた。最初の発作は、フォート・ロートンの近くでバスに乗ったときに起こった。彼は、完全な除隊証明書を持って、派手な色のドレスを着た女性の隣に静かにすわっていた。彼女の花柄のスカートは華やかな色の総出演で、ブラウスはどぎつい赤だった。フランクが見つめているうちに彼女のスカートのヘムの花模様は黒ずんでゆき、赤いブラウスはしだいに色褪せ、ついにはミルクのように白くなった。それから、あらゆるもの、あらゆる人から色が消えた。窓の外の——木々、空、スクーターに乗った少年、草、垣根。すべての色が消え、世界は白黒映画のスクリーンになった。そのとき、彼は大声でわめきはしなかった。眼に何か悪い異変が起きたと考えたからだ。悪質だが、治癒できる異変が。そして、これが犬、猫、狼たちが見ている世界だろうかと考えた。あるいは、色盲になりかけているのだろうか、と。次の停留所で彼はバスを降り、シェヴロンのガソリンスタンドのほうへ歩いていった。看板のシェヴロンのロゴのVの文字からは黒い炎が吹き上がっている。彼は洗面所に入って用を足し、眼に炎症が起きているかどうか鏡で確かめたかったのだ。しかし、ドアの上の標示を見て、やめた。スタンドの裏の茂みのなかで排尿し、色のない風景に困惑し、少し怖くなった。バスは出発しようとしていたが、停まって彼を乗せてくれた。彼は終点で降りた——そこは、彼が船を降りると、女学生たちが歌を歌って、戦争で疲れた退役軍人たちを歓迎してくれたのと同じ街のバス停だった。停留所前の通りに出ると、太陽の光が強すぎた。その意地悪い光に追われて、彼は日陰を探した。すると、そこの、ノーザン・オークの下で草が緑色になっているではないか。彼は胸を撫で下ろし、自分がわめきもしなければ、何かを壊すとか、見知らぬ人に声をかけるような真似はしないことがわかった。そういう発作はあとでやって来た。世界のパレットがどういう有様になっているかという問題とは関係なく彼の恥と怒りが爆発したときに。いま、色が褪せかけているという徴候が発作を予告しているのならば、彼には急いで隠れるだけの時間はあった。このようにして、中途半端な色が戻ってきたので、自分は色盲になったのではないこと、恐ろしい光景は消えていきそうなことがわかって、彼は嬉しくなった。自信が戻ってきたので、事件は起こさず、シカゴまでの一日半の汽車の旅をなんとか耐えることができそうだった。

赤帽が合図をしたので、彼は客車に乗りこみ、人種を分ける緑のカーテンを押し分けて、窓際の席を見つけた。列車の揺れとレールの歌が気持ちを和ませ、彼は珍しく眠った。あんまりぐっすり眠ったので、暴動の初めは見損なったが、終わりはしっかり見た。若い女性がすすり泣き、それを白い上着を着たウエイターたちが慰めている声で、目が覚めたのだ。ウエイターの一人が彼女の頭の後ろに枕をあてがい、もう一人が涙と鼻から流れている血を拭くため、畳んだリネンのナプキンを差し出した。彼女の隣には夫がすわって、顔を背けていたが、黙ってはいても、心は煮えくりかえっているのがわかる――その顔は、さしずめ恥と、恥の仲間の頑なな怒りの頭蓋骨といった趣きだった。

ウエイターがそばを通ったとき、フランクはその腕に触れて「何が起こったんですか」と訊いた。夫婦のほうを指し示しながら。

「あれを見なかったの？」

「ええ。どうしたんですか」

「あそこにいるのが亭主でね。エルコで降りて、コーヒーか何かをそこで買おうとしたんだよ」彼は親指を肩越しに後方に向けた。「すると、オーナーか、客か、あるいはその両方が、彼を蹴り出したってわけさ。文字通りにね。尻を蹴られて彼が倒れると、さらに何回か蹴ったんだ。奥さんが助けに出てくると、顔に石が飛んできたってわけ。おれたちが二人を車内に連れ戻したけど、汽車が出るまで、群衆はぎゃあぎゃあ、わめいていたな。見ろよ」と彼は言った。「あれが見えるかい」彼は卵の黄身を指差した。まだ滑り落ちず、痰のように窓ガラスにへばりついている。

「誰か車掌に知らせたの？」

「きみ、頭がおかしいんじゃないか？」

「たぶんね。ねえ、シカゴで、食べて眠れるいい場所、知ってるかい？　ここにリストがあるんだけど、こんな場所のこと、何か知ってる？」

ウエイターは眼鏡を外して、かけ直し、メイナード師がくれたリストを仔細に眺めた。

ウエイターは唇をへの字に曲げた。「食うなら、ブッカーの店がいいよ」と彼は言った。「駅のすぐそばだ。寝るのなら、いつだってYMCAがお薦めだね。ウォーバッシュにあるよ。ここにあるホテルやいわゆるツーリスト・ホームっていうやつはかなり金がかかるし、きみがはいてるおんぼろ靴を見たら入れてくれないかもしれないからね」

「ありがとう」とフランクは言った。「リストにあるのが高級だって聞いて、うれしいよ」

ウエイターはくすくす笑った。「一杯やりたいかい。ケースのなかにジョニ赤があるんだけど」彼の名札にはC・テイラーと印刷してあった。

「ああ、いいねえ」

チーズ・サンドイッチやオレンジにはあまり関心のなかったフランクの味蕾が、ウイスキーと聞いて、たちまち生き返った。ほんの一杯。気持ちを落ち着かせ、この世を楽しくするだけの一杯。それ以上はなし。

長い間待たされ、もう忘れられてしまったのだとフランクが確信したちょうどそのとき、テイラーがソーサーつきのティーカップとナプキンを持って戻ってきた。厚みのある白いカップのなかで、一インチほどのスコッチが、いかにも美味そうに揺れている。

「ほら、持ってきたぜ」とテイラーは言い、それから汽車の揺れに合わせてよろめきながら、歩いていった。

虐待された夫婦はささやきあっていた。妻のほうは低い声で、なだめるように。夫のほうは切迫した声で。家に帰ったら、彼は妻を殴るだろう、とフランクは考えた。誰が殴らないでいられよう？　公衆の面前で屈辱を受けたのは一つの事件だ。だが、男はそこから先に進むことはできる。耐えられないのは、女、とくに妻がそれを目撃したということだ。彼女はそのさまを見ただけでなく、あえて救おうと、彼を救おうとしたのだ。彼は自分の身を守ることができなかった。彼女をも守れなかった。妻の顔に当たった石が証明している通りだ。彼女が、その折れた鼻の代償を支払わねばならない。何度も何度も、繰り返して。

彼はスコッチを一杯飲んだあと、頭をもう一度窓枠に載せて、ほんの少し眠った。そして、誰かが隣の席にすわる物音を聞いて目が覚めた。奇妙だった。車両のなかにはいくつか空席があったからだ。彼は向き直り、驚くというよりは面白がって、隣の席にすわった人間を仔細に眺めた――つば広の帽子をかぶった小男だった。薄青色のスーツは、長い上着とふくれたズボンの洒落たものだった。靴は白で、不自然なほど先が尖っている。男はじっと前を見つめていた。無視されたので、フランクはもうひと寝入りしようと窓に背中をもたせかけた。彼がそうするとすぐ、ズート・スーツを着た男は立ち上がり、廊下に姿を消した。レザー張りの座席には、全然へこみはついていなかった。

ほとんど雨に洗われたことのない凍てつく風景のなかを列車で通り過ぎながら、フランクはその風景をもう一度飾り立ててみようとした。心のなかで、丘の上に紫色の巨大な斜線や、金色のX型を塗り、枯れた小麦畑の上にしたたるような黄色や緑を置く。何時間も西部の風景を再度色づけしようとしてうまくいかず、心が乱れたが、汽車を降りるころにはすっかり平静になっていた。しかし、駅の騒音があまりに神経に障ったので、彼は思わず腰につけた武器のほうに手を伸ばした。もちろん、そこに武器はなかったので、恐怖が収まるまで彼は鉄の支柱に寄りかかっていた。

一時間後、彼は白いインゲン豆をすくい上げ、コーンブレッドにバターを塗っていた。ウエイターのテイラーの言った通りだった。ブッカーの店は料理が美味で安いばかりでなく、そこの人々――食事をしている客も、カウンターでサービスしている者も、ウエイトレスも、大声を出す理屈っぽいコックも――全員が客を歓迎し、上機嫌だった。労働者も、無為に過ごしている人々も、母親も、街娼も、みんなが自宅の台所で家族と食事をしているような気楽さで、食べたり飲んだりしている。フランクが隣のスツールに腰かけた男と気さくに話す気になったのは、家族的な親しみやすい雰囲気のおかげだった。相手はみずから名乗った。

「ワトソンだ。ビリー・ワトソン」彼は手を差し出した。

「フランク・マネーだ」

「フランク、どこから来たの？」

「ああ、朝鮮、ケンタッキー、サン・ディエゴ、シアトル、ジョージア。どこでもいいから名前を挙げてみろ、そこが、おれの出身地だっていうわけ」

「お前は、ここも出身地にするつもりかい？」

「いいや。ジョージアに帰るつもりなんだ」

「ジョージアですって？」ウエイトレスが叫んだ。「メイコンには親戚がいるのよ。あの場所についてはあんまりいい思い出はないけど。わたしたち、廃屋に半年隠れてたの」

「何から隠れてたんだい？　白いシーツからか？」

「いいえ。家賃の取り立て人よ」

「同じことさ」

「どうして、彼が？」

「よせやい。一九三八年のことだよ」

カウンターのあちこちで笑い声が起こった。大声の、知ったかぶりの笑い。何人かが一九三〇年代に経験した自分たち自身の貧窮生活についての話の競い合いを始めた。

おれと弟は、一ヵ月間貨車のなかで寝てたんだよ。

どこ行きだったの？

遠くだよ。おれたちにわかってたのはそれだけさ。

鶏が入ろうとしない鳥小屋で眠ったことあるかい？

ああ、黙れ。おれたち、氷室で暮らしてたんだよ。

氷はどこにあったんだ？

おれたちが食っちゃったんだ。

ばかな！

おれはいつも方々の床の上で眠ってたんで、はじめてベッドを見たときは、こりゃ棺桶だって考えたね。

タンポポ、食べたことがあるかい？

スープにすると、美味しいわよ。

豚の内臓。いまじゃ、もっと洒落た名前がついてるが、肉屋はいつもそれを捨てるか、おれたちにくれたものさ。

足も。首も。屑肉全部だよ。

お黙り。あんたはわたしの商売を台無しにしてるのよ。

自慢話と笑い声が静まったとき、フランクはメイナードのリストを取り出した。

「ここに書いてある場所のどれか、知ってるかい？　Yがいちばんいいって話は聞いたけど」

ビリーは住所を仔細に眺めて、顔をしかめた。「そんなこと、忘れてしまえ」と彼は言った。「おれの家に来い。一晩泊まっていけ。おれの家族に会ってくれ。どっちにしても今夜は発てないんだからな」

「そうだな」とフランクは言った。

「明日は時間通りに駅に連れてきてやるよ。お前は南部行きのバスに乗るのか、汽車で行くのか？　バスのほうが安いけど」

「汽車だよ、ビリー。ポーターがいるかぎり、おれはそういう旅がしたいんだ」

「あいつらは、たしかにうんと金を儲けてるな。月に四、五百ドルだぜ。それに、チップがつく」

二人はビリーの家まで、ずっと歩いていった。

「朝になったら、ちゃんとした靴を買いに行こう」とビリーが言った。「それから、グッドウィル（障害者やホームレスなどに職業訓練や雇用サービスなどの支援を行ない、古着などを売っている非営利団体）にもちょっと立ち寄ろう。どうだい？」

フランクは笑った。これまで彼は、自分がいかにみすぼらしく見えるか、を忘れていた。きりっと風で引き締められ、小綺麗な黄昏の空をいただいたシカゴは、大股で歩く、上等な服を着た歩行者でいっぱいだった。彼らは急いで歩いていた——まるで、ロータスのどの道路よりも広い歩道のどこかにある、締切におくれまいとしているかのように。二人が繁華街を抜けて、ビリーの家の近くに来たときにはすでに、夜の帳が降りかけていた。

「家内のアーリーンに挨拶してくれ。こちらは息子のトーマスだ」

アーリーンは舞台女優になれるほど美人だと、フランクは思った。ポンパドール風に結った髪が、猛々しい褐色の眼の上の、なめらかな高い額の上に載っている。

「あんたたち二人とも、夕飯を食べたいの？」とアーリーンが訊いた。

「いいや。もうすませたよ」と、ビリーが言った。

「あら、そう」アーリーンは、金属工場で夜勤をする支度をしていた。それから、台所のテーブルにすわって本を読んでいたトーマスの頭の上に、キスをした。

ビリーとフランクは、コーヒーテーブルの上にかがんで、安っぽい飾りものの位置を直して、トンクをやったり、おしゃべりをしたり、ビールをチビチビ飲んだりするための空間を作った。「あんたはどんな仕事をしているの？」とフランクは訊いた。

「鉄だよ」とビリーは言った。「だが、いまはストライキをやってるんだ。だから、周旋屋の行列に並んで、昼間の仕事があったらやるのさ」

少し前、ビリーがフランクに息子を紹介したとき、少年は左手を上げて握手をした。右腕は脇に垂れたままであるのに、フランクは気がついた。いま、トランプのカードを切りながら、息子の腕はどうしたのかと、彼は訊いた。ビリーは両手でライフルをかまえる仕草をした。

「おまわりにやられたんだよ」と、彼は言った。「あいつは玩具のピストルを持ってたんだ。八歳の子供だよ。それで狙いをつけながら、歩道を行ったり来たり走りまわっていたんだよ。たまたまそのときどこかの田舎者の新人巡査が、自分は同僚のおまわりたちから正当に評価されていないって、考えていたってわけさ」

「子供を撃つなんて、考えられないな」とフランクは言った。

「おまわりは、何だって撃ちたいものを撃つさ。ここは暴徒の街なんだよ。アーリーンは緊急治療室で少し正気をなくしてね、やつらに二度も部屋の外につまみ出されたんだ。だが、結局、最後にはまあまあうまく行った。腕が悪くなったので、息子は通りには出ないで、教室にばかりいるようになったんだ。やつは数学の天才なんだよ。全国大会で勝ったんだ。奨学金が流れこんでくるんだよ」

「じゃあ、そのガキのおまわりは、いいことしてくれたんだね」

「違う、違う。絶対に違う。イエス様が入ってきて、助けてくれたんだ。イエス様は〝やめろ、おまわり。私のもっとも小さい者を傷つけるでない。私のもっとも小さい者を傷つけた人間は、私の心の平安を乱すことになるのだから〟って言ったんだよ」

美しい話だ、とフランクは考えた。いつでも、どんなところでも、聖書の教えは役に立つ——砲撃地帯をのぞいて。「イエス様、イエス様」それが、マイクの言った言葉だった。スタッフも同じ言葉をわめいていた。「イエス様、全能の神様。ぼくはやられた。フランク、イエス様、助けてくれ」

数学の天才は自分がソファで寝て、父親の新しい友達がベッドを使うことに反対しなかった。フランクは寝室の少年のところに行って「ありがとう、兄弟《バディ》」と言った。

「ぼくの名はトーマスだよ」と少年は言った。

「ああ、そうだったね、トーマス。きみは数学の成績がいいって聞いたよ」

「ぼくは、全科目の成績がいいんだ」

「たとえば、どんな？」

「公民、地理、英語……」成績のいい科目をもっとたくさん挙げることができると言わんばかりに、彼の声はしだいに消えていった。

「いまに偉くなるね、きみは」

「それに、もっと深くなるつもりさ」

フランクは十一歳の少年の生意気な言葉に笑った。「どんなスポーツをやるの？」この少年は少しばかり謙遜する必要があるのじゃないかと考えて、彼は訊いた。しかし、トーマスはひどく冷たい眼で見返したので、フランクはきまりが悪くなって、「ぼくの言いたいのは……」

「言いたいことはわかるよ」と彼は言い、反撃するつもりか、あと知恵を働かせたのか、フランクの上から下まで眺めて、「酒飲んじゃいけないよ」と言った。

「心得ておくよ」

トーマスが畳んだ毛布を枕の上に置き、その両方を動かない腕の下に押しこむ間、短い沈黙が降りた。寝室のドアのところで、彼はフランクのほうを向いた。「戦争に行ったの？」

「行ったよ」

「誰か殺したの？」

「そうしなきゃならなかったからね」

「どんな気がした？」

「いやな気持ちだったよ。とてもいやな」

「それはいいや。いやな気持ちがしたってことは。うれしいよ」

「どうしてだ？」

「あんたが嘘つきじゃないってことさ」

「きみは深いんだね、トーマス」フランクは微笑した。「大きくなったら、何になりたいの？」

トーマスは左手でノブをまわして、ドアを開けた。「男さ」と言って、出て行った。


月光が照らすのは窓の日除けの端ばかり、そうしてできた闇のなかにすわって、フランクは、これまでリリーがいないのにどうやら持ちこたえてきた、壊れやすい正気が失せて、いつもの夢が戻ってこないように願った。しかし、牝馬が姿を現わすのはいつも夜で、昼間の光のなかでは、決して蹄を地に打ちつけることはしないのだ。汽車のなかでスコッチを味わい、何時間もあとになってビールを二杯だけ——自制するのは難しいことではなかった。眠りはかなり早く訪れ、手の指のついた足のイメージが一つ浮かんだだけだった。でなければ、あれは先端に足指がついた手だったのだろうか。しかし、二、三時間、夢を見ないで眠っていたあとで、弾薬を詰めてない銃の引き金を引くときのようなカチッという音で、目が覚めた。フランクは起き上がった。動くものはない。そのとき、小男の輪郭が見えた。車中で会った男で、窓際の光の枠に照らされた、つば広の帽子は見間違えようがない。フランクはベッドの脇の電灯に手を伸ばした。その光が、薄青いズート・スーツを着た同じ小男の姿を浮き彫りにした。

「おい、いったいお前は何者だ？　何の用だ？」フランクはベッドから降りて、人影のほうへ踏み出した。三歩進んだとき、ズート・スーツの男は姿を消した。

フランクはベッドに戻り、これまで見た他の夢に比べると、特定の生きた人間の夢はそれほど悪くはないと考えた。かつて市立公園内のバラ園にすわっていたときに見た幻覚のように、犬や鳥が戦友の死体を貪り食っているようなことはなかったからだ。ある意味では、この夢は笑えるものだった。彼はああいうスーツの話は聞いたことがあったが、誰かが着ているのを見たことは一度もなかった。もしこういうスーツが人間であることのしるしだとしたら、彼は腰布を巻き、顔や頬に白いペンキを格好よく塗るほうが、ずっといいと思ったことだろう。もちろん、槍を持って。だが、ズート・スーツの男は別の衣裳を選んだのだ。広い肩、つば広の帽子、時計の鎖、足首のところの細い折り返しから、しだいにふくれあがって腰から胸にまで達するズボン。各海岸に配置された暴動鎮圧用の警官たちの注意を引くには十分な服装だった。

くそっ！　新しい夢に現われる幽霊の仲間なんてほしくなかった。ただし、彼に何かを伝えようとしているしるしなら、話は別だ。あれは、妹についての知らせだろうか。手紙には「彼女は死んでますよ」と書いてあった。その意味は、彼女は生きているが病気だ、重態で、明らかに誰も看取る人はいない、ということだ。その手紙を書いたサラも、彼女のボスも、妹の看病ができないというのなら、そう、妹は故郷から遠く離れて、弱り果てているにちがいない。両親は死んだ。一人は肺の病気、もう一人は卒中で。祖父母、セイレムとレノーアはどうだ。どちらも旅行はできそうもない。二人がまだおれたちに関心を持っているとしても。おそらくそういうわけで、ロシア製の弾丸は彼の頭を吹き飛ばさなかったのだろう。他方彼と親しかった他の人たちはみんな、あそこで死んだのだ。おそらく彼の命はシーのために取っておかれたのだろう。それこそ公平というものだ。彼女は彼の愛情の源、金儲けや情緒的利得などはいっさい考えない、無私の愛情の対象だったからだ。彼女が歩くことができるようになる前から、彼は妹の世話をした。彼女が口にした最初の言葉は、「フワンク」だった。彼女の二本の乳歯は、台所のマッチ箱のなかに隠した。彼の常勝ビー玉や、川岸で見つけた壊れた時計といっしょに。シーが打ち身や切傷を作って、彼が手当てをしてやらなかったことは一度もない。彼女のためにしてやれなかったことはただひとつ、彼が入隊したとき彼女の眼に浮かんだ悲しみ——あれは、恐怖だったのだろうか——を拭いてやることだけ。彼は軍隊が唯一の解決法なのだと説明しようとした。ロータスは、彼と二人の親友を窒息させ、殺しかけていた。彼らはみんな賛成した。フランクは、シーは大丈夫だろうと自分に言い聞かせた。

だが、大丈夫ではなかった。

アーリーンはまだ眠っていた。それで、ビリーが三人の朝食を作った。

「彼女の夜勤はいつ終わるの？」

ビリーはパンケーキのたねをフライパンのなかに注ぎこんだ。「十一時から七時までだ。もうすぐ起きてくるよ。だが、夕方までは会えないんだ」

「どうして？」フランクは知りたがった。普通の家族の規則や慣習などは、彼にとって羨望のレベルには達しない魅惑のもとだったから。

「トーマスを学校まで送って行くんだが、今日は周旋屋の列に並ぶのが遅くなる。お前といっしょに買物に行くからな。そのときには、昼のいい仕事はみんな無くなってるさ。どんな残り仕事がやれるか見てみよう。だが、買物がいちばん先だ。お前の格好ときたら……」

「言うなよ」

言う必要はなかった。グッドウィルの女性店員も同じだった。彼女は二人を畳んだ衣服が置いてあるテーブルのところに案内し、コートや上着が吊してあるハンガーのほうを頭で示した。選ぶのに時間はかからなかった。品物はどれも清潔で、アイロンがかかっていて、サイズ別に並んでいる。前の持ち主の体臭さえ薄かった。その店には更衣室があり、そこでは、浮浪者やちゃんとした家庭の男が着替えをして、着古した服をごみ箱に投げ捨てることができた。似合った服を着ると、フランクは誇らしくなって、軍隊用ズボンからメダルを取り出し、それを衿にピンで留めた。

「オーケー」とビリーが言った。「さて、大人の男用の靴を買いに行こう。トム・マッカンか、または、フローシャムがいいか？」

「どちらでもないよ。ダンスに行くわけじゃないんだから。労働用の靴さ」

「わかったよ。金は十分あるの？」

「うん」

警官もそう思ったにちがいない。だが、靴屋の前での不意打ち検査の間、彼らはポケットを叩いただけで、ワークブーツの内側は調べなかった。壁のほうを向かされた他の二人の男のうちの一人は、飛び出しナイフを没収され、もう一人は一ドル紙幣を取られた。四人全員が、縁石のところに停めてあるパトカーのフードの上に手をつかされた。そのとき、若いほうの巡査がフランクのメダルに気がついた。

「朝鮮か？」

「そうです」

「おい、ディック。彼らは退役軍人だぞ」

「本当か？」

「本当さ。見てみろ」巡査がフランクの従軍章を指差した。

「さあ、行け。行っていいぞ」

　この警官とのいきさつは話題にするほどの価値はなかったので、フランクとビリーは黙って歩いていった。それから、財布を買おうと、露天商のトレイの前で立ち止まった。

「お前はいまスーツを着てるんだからな。チューインガムをひとつ買うたびに、ガキのように靴に手を伸ばすわけにはいかないよ」ビリーはフランクの腕を叩いた。

「いくらだ？」ビリーは、並べてある財布を点検した。

「二十五セントだ」

「なんだって？　パン一斤だって十五セントしかしないんだぜ」

「それが？」と商人は客の顔をにらみつけた。「財布のほうが長持ちするじゃないか。お前さんは買うのか、買わねえのか」

　それを買ったあと、ビリーはブッカーの店までずっとフランクに付き添い、店の前で、二人は板ガラスにもたれて、握手をし、また会う約束をして、別れた。

　フランクはコーヒーを飲み、彼をジョージアへ、シーのもとへ、他に何が待っているかは誰にもわからないが、そこへ連れていく南部行きの列車の乗車時刻になるまで、カウンターのところにいたメイコン出身のウエイトレスとふざけあった。

3

ぼくらがテキサス州バンデラ・カウンティを出たとき、ママは妊娠していた。トラックか車を持っていたのは三家族、ひょっとしたら四家族だけで、彼らは積めるだけのものを積みこんでいた。だが、覚えておいてほしい。誰も土地や作物や家畜を積みこむことはできないのだ。誰かが豚に餌をやってくれるのか。あるいは、野性に戻してくれるのか。小屋の後ろのあの区画はどうなるのか。あそこは、雨が降ったときのために耕さなければならない。たいていの家族は、ぼくの家族のように何マイルも歩いた。ミスター・ガードナーが州境で自分の家族を下ろしてから、ぼくたち数家族を迎えにきてくれるまで。ぼくらは彼の車にぎゅうぎゅう詰めで乗りこむために、荷物をいっぱい積んだ荷車を置いていかねばならなかった。品物を捨ててスピードを取ったのだ。ママは泣いたけれど、薬缶や瓶詰用のジャーや寝具よりお腹の赤ん坊のほうが大切だった。ママは膝の上に抱えた衣裳籠で満足しなければならなかった。パパはいくつかの道具を入れた袋と、ステラ用の手綱を抱えていた。ステラというのは、もう二度と会うことのなかった、ぼくらの家の馬だ。ミスター・ガードナーができるかぎり遠いところまで運んでくれたあと、ぼくらはもう少し歩いた。ぼくの靴底が一足ごとに口を開けるので、パパが自分の靴の紐で縛ってくれた。二度ばかり荷馬車屋が、ぼくらを荷台に乗せてくれた。疲れについて話そうか。飢えについて話そうか。ぼくは刑務所や、朝鮮や、病院で、屑を食べたことがある。テーブルについて食べたこともあれば、ごみ箱から食べたこともある。だが、食堂での食べ残しに優るものはない。それについて書いてみたら？　ぼくは贖罪教会での行列に並んで、すでに青カビの生えた、かさかさで堅いチーズと、塩漬けの豚の足――その酢がシケたビスケットを湿らせている――が載ったブリキの皿を待っていたときのことを思い出す。

前にいた女性がボランティアの人に、自分の名前の綴りと発音を説明しているのをママが聞いたのは、そこだった。それは、いちばん心に沁みる出来事で、その名前の響きが群衆の話し声と熱狂のなかで音楽のように聞こえた、とママは言った。何週間もあとになって、ベイリー師の教会の地下室に置かれたマットレスの上で生まれた赤ん坊が女の子だとわかったとき、ママは三つの音節全部を注意深く発音するイシドラという名前をつけた。もちろん、死神が新しい生命に気づいて食べてしまうといけないので、名前をつけたのは九日経ってからだ。ママ以外みんなが、彼女を「シー」と呼んだ。ぼくはいつも、シーという名前はすてきだと思っていた。ママはなんとその名前のことをよく考え、大事にしてきたことか。ぼくについては、そのような思い出はない。父の弟の名前に因んで、フランクと名づけられただけだ。父の名はルーサー、母の名はアイダ。ばかばかしいのは、ぼくらの苗字がマネーということだ。金《マネー》とは縁がなかったのに。

夏、テキサス州からルイジアナ州への州境を越えるまでは、「暑さ」というものがどういうことなのか、あなたにはわからないだろう。それをぴったり表現する言葉は見つからないはずだ。

木々はあきらめ、カメは甲羅のなかで煮えたぎる。描写の仕方を知っているのなら、この有様を描いてごらん。

4

意地悪な祖母は、女の子にとって最悪のものの一つだ。ママは、子供がものの善し悪しのわかる人間に育ってくれるよう、子供を叩いて躾けることになっている。だが祖母は、自分の子供には厳しくても、孫に対しては寛大で甘い。そうじゃない？

シーはブリキのたらいのなかで立ち上がり、滴を垂らしながら、流しのほうへ二、三歩踏み出した。それから蛇口をひねってバケツに水を満たし、それをぬるくなったたらいの水に注ぎ足して、もう一度そのなかにしゃがんだ。やさしくかげる午後の光がいろいろな事柄を思い返すよう促す間、冷たい水にゆっくり浸かっていたかったのだ。後悔、言いわけ、正しい生き方、誤った記憶や将来の計画などがごちゃごちゃ入り混じったり、整列した兵士のように立っていたりしている。そう、そういうのが祖母の在り方じゃないの、と彼女は考えた。だが、小さなイシドラ・マネーにとって、事情はまったく違っていた。ママとパパは夜明け前から暗くなるまで働いていたので、ミス・レノーアがシーと彼女の兄が朝食に食べるシュレッデッド・ウィート（切り刻んだ小麦をビスケット状に焼いたもの）の上に、ミルクの代わりに水を注いでいることはまったく知らなかった。また、脚に傷の筋やみみず脹れができても、二人は用心して嘘をつき、イバラやハックルベリーの刺が生えた川のそばで遊んだから怪我をしたのだと言ったことも。祖父のセイレムさえ黙っていた。黙っているのは、最初の二人の妻のように、ミス・レノーアに出て行かれたら困るからだと、フランクは言った。レノーアは最初の夫が死んで五百ドルの生命保険金を受け取っていたので、年取った職なしの男にとっては貴重な掘り出し物だったのだ。その上、彼女にはフォードと家があった。セイレム・マネーにとって彼女は非常に価値があったので、塩漬けのポークは夫婦二人が分け合い、子供たちがもらうのは風味だけという場合にも、一言も発しなかった。そう、たしかに、フランク一家がテキサスから追い出されたあと、この家なしの親戚数人を自宅に住まわせているだけでも、祖父母は大変な恩恵を施していることになる。シー自身は旅の途中で生まれた。これはシーの将来にとってとても悪い徴候だとレノーアは考えた。ちゃんとした女なら、産婆の知識があるキリスト教信者の善女が見守るベッドの上で赤ん坊を産むものだと、彼女は言った。妊娠すると病院に行くのは街の女や売春婦だけだけど、少なくとも彼女たちは屋根の下で赤ん坊を産むよ、とも言った。路傍や、彼女のいつもの言い方によるとどぶ板の上で生まれるということは、罪深い、価値のない人生への序曲なのだった。

レノーアの家は二人、おそらくは三人が住むには十分なほど大きかった。だが、祖父母にパパとママ、フランク叔父と、二人の子供――一人は泣きわめく赤ん坊――が住むには十分ではなかった。何年か経つうちに混み合う家の不快さがしだいに増幅して、ロータスの誰よりも自分のほうが優れていると信じこんでいたレノーアは、憤りを「路傍で」生まれた小さな少女に集中することにした。その女の子が部屋に入ってくるたびにしかめ面が彼女の顔に皺を作り、女の子がスプーンを落としたり、ドアの敷居の上でころんだり、編み髪がほどけたりするたびに、唇がへの字に曲がった。何よりもつらいのは、義理の孫がいつも人目につくように仕出かす失敗の場から立ち去るとき、彼女がつぶやく「どぶ板生まれの子が」という言葉だった。これらの年月の間、シーはいつも両親といっしょに床の上に寝た。床には薄い藁布団が敷いてあったが、その下の松の小割板よりいいとはお世辞にも言えなかった。フランク叔父は、二つの椅子を合わせて使い、若いフランクは雨の日でさえ、裏のポーチの斜めにかしいだ木のブランコの上で寝た。両親のルーサーとアイダは、それぞれ二つの仕事を持って働いていた――アイダのほうは昼間は棉摘みか、その他の作物の取り入れをやり、夜は木材工場の掃除をした。ルーサーとフランク叔父は、近くのジェフリの二人の農場主のところで農夫として働き、他の男たちが捨てた仕事も喜んでやった。たいていの若者たちは軍隊に入って戦争に行き、戦争が終わっても、棉やピーナッツや木材の仕事をしに戻ってはこなかった。そして、フランク叔父も入隊した。彼はコックとして海軍に入り、それを喜んだ。爆薬を扱わなくてもよかったからだ。だが、結局彼の船は沈み、ミス・レノーアは窓に金色の星を吊した。あたかもセイレムの先妻の一人ではなく彼女自身が、戦争で息子を喪った名誉ある愛国的な母親だと言わんばかりに。アイダは木材工場での仕事がたたって致命的な喘息にかかったが、それに引き合うだけの収穫はあった。レノーアの家で三年暮らしたあと、シェパード老人から家を借りることができたからだ。シェパード老人は毎週土曜日の朝、ジェフリから車で家賃を取り立てに来た。

シーは、自分たち専用の庭と産卵用雌鶏を持つ身分になったことに対する家族全員の安堵と誇りを覚えている。マネー一家はこの安堵と誇りのおかげで、この家でゆったりくつろぐことができた。そこでは、隣人たちがついに憐れみではなく友情を示してくれるようになった。レノーア以外の近所の人々は苦しい生活をしていたものの、すぐに気前のいいところを見せたのだ。誰かのところに胡椒やコラードがたくさんあるとすれば、持っていけ、とアイダにしつこく勧めた。オクラや、入り江で捕れた新鮮な魚、多量のトウモロコシ、無駄にするのはもったいないいろんな種類の食べ物があった。一人の女性が、傾いたポーチの階段に支柱を当てて補強するよう夫をよこしてくれた。彼らは見ず知らずの人間に対しても物惜しみしなかった。そこを通りかかった他所者でさえ歓迎され、とくにその人が司直から逃げているときはなおさらだった。彼らが体を洗って、食べ物をやり、ラバに乗せて送り出した、あの血だらけで、おびえていた男のように。自分たちの家があって、ジェフリの万屋《よろずや》からいろんな品物を購入する顧客の月別リストに、ミスター・ヘイウッドから名前を書きこんでもらうのは気分がよかった。ときどき彼は、子供たちに漫画の本や、バブルガムや、ペパーミント・ボールを無料で持ち帰ってくれた。ジェフリには歩道、水道、商店、郵便局、銀行や、学校がある。ロータスは離れていて、五十軒あまりの家と二つの教会があるだけで、歩道もなければ、屋内の水道設備もない。信者の女性たちが、その一つの教会を読み方と算数を教えるために使っていた。シーはもっとたくさんの本――イソップの寓話と、若者のために編集された聖句の本だけでなく――があって読めるといいのに、ジェフリの学校に行くことが許されたら、もっともっといいのに、と考えていた。

彼女があの卑劣漢といっしょにこの町を逃げ出したのは、そのせいだった、と彼女は信じていた。雑用と教会学校のほかには何もすることのない、この取るに足らない、町とも言えない場所で暮らしているだけの、これほど無知な女ではなかったら、もっと分別があっただろうに。日の出から日の入りまで、大人という大人たちからしつこく見張られていて、レノーアだけでなくこの町の大人たち全員から、いろんな用を言いつけられてしまう。ここにおいで、あんた、誰も裁縫の仕方を教えてくれなかったの？　教えてもらいました、奥様。じゃあ、どうしてあんたのヘムはそんなに垂れ下がってるの？　はい、奥様。いえ誰も、と言うつもりでした。あんたの唇には口紅がついてるの？　いいえ、奥様。じゃあ、なんなのさ？　サクランボです、いえ、そのう、クロイチゴだと思います。少し食べました。サクランボなんてことがあるわけないでしょ。口を拭きなさい。その木から降りるのよ、聞こえた？　靴の紐を結びなさいその縫いぐるみ人形は下に置いてほうきを取るのよ脚を組むのはやめなさいそこの庭の草取りをしてねまっすぐ立ちなさい私に口答えするんじゃないよ。シーと二、三のほかの女の子たちが十四歳になって、男の子の話を始めたとき、彼女には兄のフランクがついていたおかげで、本物のいちゃつきはしなかった。男の子たちは、彼がいるので、彼女には手を出せないということを知っていた。そういうわけで、フランクと彼の親友二人が入隊して町を出るが早いか、レノーアの言葉によると、オーバーオールではなくベルトつきのズボンをはいているのを見た最初の男に屈してしまったのだ。

その男の名はプリンシパルといったが、彼はプリンスと自称していた。アトランタから伯母の家を訪ねてきた客で、底の薄いピカピカの靴をはいた、眉目秀麗な新顔だった。女の子たちはみんな、彼の大都会風のアクセントや、彼女たちが彼の知識と広い経験だと考えるものに大きな感銘を受けた。なかでも、とくにシーは夢中になった。

さて、肩の上に水をはねかけながら、彼女はこれまで何度も何度も自問してきた疑問をまたもや反芻していた。大きな悪徳の街で冬を過ごす代わりに、彼がこのような田舎に送られてきたのはなぜか、どうしてわたしは彼の訪問先の伯母さんに尋ねなかったのだろう、と。しかし、兄がいなくなった空間をふわふわ漂っているような感じがするだけで、彼女には身を守るものが何もなかった。それは、利口でたくましい兄が近くにいて、面倒をみてくれて、守ってくれるという良いことのもう一つの面だ、と彼女は考えた――脳の筋肉の発達が遅くなるのだ。その上、プリンスは自分自身を非常に深く完璧に愛していたので、彼の確信を疑うのは不可能だった。だから、もしプリンスが「きみは可愛い」と言えば、彼女はそれを信じた。もし「十四歳になれば、もう大人だよ」と言えば、それも信じた。そして、「ぼくのために、きみがほしい」と言ったとしたら、「法的にきちんとしなきゃだめよ」と言ったのはレノーアだった。「法的」というのがどんな意味であれ。イシドラは出生証明書さえ持っていなかった。それに、裁判所は百マイル以上離れたところにある。そういうわけで、アルソップ師を呼んで、二人を祝福してもらい、彼女の両親の家に歩いて帰る前、大きな名簿に二人の名前を書きこんでもらった。フランクは入隊していたので、二人が眠り、人々が警告したり、くすくす笑ったりする大変なことを行なったのは、彼のベッドの上だった。それは、痛いというよりは退屈なことで、あとになれば、もっとよくなるだろうとシーは考えた。だが、結局「よくなる」というのは、単に回数が増えたことにしかすぎず、回数が増すのに対して、悦びはほんのわずかの時間にかぎられるようになった。

ロータスの周辺にはプリンスが引き受けてもよいと思うような仕事はなかったので、彼は彼女をアトランタに連れて行った。シーは都会の輝かしい生活を楽しみにしていた——蛇口をひねると出てくる水、ハエのいない屋内トイレ、太陽より長い間、蛍と同じほど愛らしく光る街灯、一日に二回、ときには三回、ハイヒールをはき豪華な帽子をかぶって、せかせかと教会まで歩いていく女たちを二、三週間、じろじろ眺めていたあとで、また、プリンスが買ってくれたきれいな服に対して感謝をこめた喜びと、物も言えないほどの幸せを味わったあとで——プリンシパルが彼女と結婚したのは車のためだった、ということがわかった。

レノーアは大家のミスター・シェパードから中古のステーション・ワゴンを買っていた。そして、セイレムは運転できないので、古いフォードをルーサーとアイダにやった。ステーション・ワゴンが壊れた場合には返してくれるよう条件をつけて。ルーサーは何回か、ちょっとした用事のためプリンスにこの車を使わせていた。たとえば、最初はケンタッキー州、そのあと朝鮮に送られたが、こうしたフランクの駐屯地と手紙をやりとりするため、ジェフリの郵便局へ行く用事など。一度アイダの喘息が悪化したときには、喉用の薬を買うため、街まで運転した。プリンスがそのフォードを自由に使えたことは、みんなのためになった。プリンスはつねに車体の上にうっすらとたまったごみを洗い流したし、プラグを取り替え、油を差し、車に乗せてくれとせがむ少年たちを拾ったことは一度もなかったからだ。だから、新婚の夫婦がアトランタまで運転したいと申し入れたとき、ルーサーが同意したのは当然だった。二、三週間したら返すと約束したからだ。

だが、約束は果たされなかった。

いまシーはまったくの独りぼっちで、日曜日にブリキのたらいのなかにすわり、冷たい水でジョージア式春の暑熱に対抗していた。彼女の知るかぎりでは、プリンスは底の薄い靴でアクセルを踏みながら、カリフォルニアだかニューヨークだかを遊びまわっていた。プリンスが自分一人の才覚で生きていくよう彼女を置き去りにしたとき、シーは静かな通りのもっと安い部屋を借りた。洗濯たらいが使えて、台所という特典つきの部屋だ。二階の大きなアパートに住むテルマと友達になり、テルマが無愛想な忠告に友情をにじませながら、一週間前、ボビーのリブ・ハウスに皿洗いの仕事を見つけてくれたのだった。

「田舎者の阿呆みたいに馬鹿なことは言わないで。あんた、どうして家族のところに帰らないの?」

「車なしで?」ああ、神様、とシーは考えた。レノーアはすでに彼女を逮捕させると脅かしている。アイダが死んだとき、シーは葬式に出るため車で帰省した。ボビーが、フライ係のコックに車で彼女を送らせたのだ。葬式はまったくみじめなもの――手作りの松の柩、彼女が摘んできたニオイエンドウの二束以外に花はない――だったが、レノーアの罵詈雑言の非難よりつらいものは何もなかった。泥棒、阿呆、あばずれ、保安官に電話しなけりゃいけないねえ。シーは街に戻ると、二度とあそこには帰らないと誓った。一カ月後、パパが卒中で亡くなったときでさえ、彼女はこの誓いを守った。

イシドラは、自分が愚かだということについては、テルマの言う通りだと思った。だが、何よりも彼女がしたくてたまらなかったのは、兄と話すことだった。彼への手紙には、天候やロータスのゴシップ以外のことは書かなかった。わざと書かなかったのだ。しかし、もし彼に会えて、いろいろ話すことができたら、兄は彼女を笑い者にはせず、喧嘩も、非難もしないだろう。彼はいつものように、困った状況からわたしを守ってくれる。彼とマイクとスタッフと何人かの他の男の子たちが、運動場でソフトボールをやっていたときのように。シーは近くのバターナットの木に寄りかかって、すわっていた。男の子たちのゲームは退屈だった。彼女はときどきゲームをやっている男の子たちをちらっと眺めたものの、爪からサクランボ色のマニキュアを剥がすのに集中していた。レノーアが「小さなあばずれの自分をひけらかすなんて」と叱りとばす前に、みんな剥がしてしまおうと。彼女が目を上げると、フランクがバットを持って本塁から離れようとしているところだった。他の連中は「いったい、どこに行くんだ？」「やい、やい。降りるつもりか？」と、わめいている。彼はゆっくりと運動場から出て、周囲の木立のなかに姿を消した。ぐるりと回っていたのだ、と彼女はあとで教えられた。突如として、彼は彼女が寄りかかっていた木の後ろに姿を現わし、そこにいたとは全然気がつかなかった男の脚にバットを二回振り下ろした。マイクや他の連中は、彼女が見なかったものを見ようと走ってきた。それから、みんな逃げた。フランクは後ろを振り返りもせず、彼女の腕を引きずって走った。彼女は質問を浴びせかけた。「どうしたの？　あれは誰？」男の子たちは答えない。罵り言葉をつぶやくだけだった。何時間もあとになって、フランクが説明してくれた。その男はロータスの人間ではなく、木の後ろに隠れて彼女に対して露出していたのだ、と言った。彼女が「露出」ってどういうこと？　と問い詰め、彼が説明したとき、シーは震えはじめた。フランクは片方の手を彼女の頭の上に、もう一方の手を首の後ろに置いた。すると、彼の指が鎮静剤のように、彼女の震えと、それに伴う寒気を止めてくれた。彼女はいつも彼の忠告に従い、有毒なベリーを見分け、蛇のいそうなところでは声を上げることを学んだ。蜘蛛の巣を傷の手当てに使う方法も教わった。彼の指示は的確で、彼の注意は明確だった。

だが、卑劣漢については、警告しなかった。

四羽のツバメが外の芝生の上に集まっている。礼儀正しくお互いに同じ距離を保ちながら、ツバメは乾いた草の葉のなかをくちばしでつついて虫を探していた。それから、まるで呼び出しを受けたかのように、四羽全部がペカンの木に飛び上がった。タオルを巻きつけたまま、シーは窓辺に行って、網戸の破れの真下まで窓ガラスを押し上げた。すると、静けさが滑り動き、それから轟くような気がした。その重さは音より芝居がかっていた。それは、彼女と兄がこれから何をしようか、何の話をしようかと計画を練るときのロータスの家の午後や夕べの静けさに似ている。二人の両親は一日十六時間働いていたので、ほとんど家にいなかった。だから、兄妹は突飛ないたずらを考え出したり、周囲の地域を探険したりした。また、小川のそばの、雷の被害を受けた月桂樹に寄りかかってすわっていることもしばしばだった。その木の天辺は焼け落ち、その下に二本の腕のように広がった巨大な枝だけが残っている。フランクは友達、つまりマイクやスタッフといっしょにいるときでさえ、彼女がつきまとっても怒らなかった。この四人は、理想的な家族のように、堅く結ばれていた。雑用をさせるためレノーアが兄妹を必要としているときでないかぎり、たまたま祖父母の家を訪れると、どんなに邪魔者扱いされたか、彼女は忘れることができない。セイレムは全然おもしろくなかった。食事以外、どんなことについても沈黙していたからだ。食べ物以外に彼が情熱を注いでいる唯一の事柄は、他の老人たちといっしょにトランプをしたり、チェスをしたりすることだった。両親は家に帰ってきたときにはあまりにも疲労困憊していたので、どんなものであれ彼らが示す愛情は剃刀のように鋭く、短く、薄い。レノーアは性悪の魔女だった。だから、フランクとシーは忘れ去られたヘンゼルとグレーテルのように、しっかり手をつないで沈黙のなかを歩きまわり、将来のことを想像してみようとしていた。

　ちくちくするタオルに身を包み窓辺に立っていると、シーは胸が張り裂けそうな気がした。もしフランクがそばにいたら、彼はもう一度四本の指でわたしの頭に触れるか、親指でわたしの首筋を撫でてくれるだろうに。泣くなよ、とその指が言った。みみず脹れはそのうちに消えてなくなるさ。泣くな、ママは疲れているんだから、本気じゃなかったんだよ。泣くなよ、泣くな。ぼくがここにいるからね。だが、彼はそこにいなかったし、近くのどこにもいなかった。彼が家に送ってきた写真には、ライフルを手にして微笑を浮かべた軍服の兵士が写っていたが、なんとなく何か他のもの、遠い彼方のジョージアらしくないものに所属しているように思われた。除隊してから何カ月もあとになって、彼は二セントの葉書を送ってきた。それには、いまどこにいるかが記されていたので、シーはすぐ返事を書いた。

「今日は兄さんお元気ですかわたしは元気です。レストランにまあまあの仕事を見つけましたがもっといい仕事を探しています。暇ができたら返事を書いてね。かしこあなたの妹より」

　いま独りぼっちで立っていると、たらいに浸かって涼しくなっていたのに、すでにその効果は薄れ、彼女の体は汗をかきはじめていた。それで、乳房の下の湿りをタオルで拭き取り、それから額の汗を拭いた。彼女は網戸の破れよりずっと高いところまで窓を押し開けた。ツバメがかすかな微風と裏庭の端に生えたセージの香りとともに戻ってきた。シーは、これがあの甘くて悲しい歌の意味なんだなと考えながら、外を眺めていた。「あの人去って、正気も失せた……」これらの歌は失恋を歌っていたが。彼女が感じていたものは、それよりずっと深刻だった。シーは打ちひしがれていた。捨てられてつぶれたのではなく、粉々に壊れて、切れ切れになったのだ。

やっと涼しくなってきたので、シーはアトランタに来た翌日、プリンシパルが買ってくれたドレスをフックから外した。あとでわかったのだが、彼は気前がよくて買ってくれたわけではなく、彼女の田舎くさい服が恥ずかしくて買ったのだった。彼女が着ていた醜い服のままでは、晩餐会やパーティや家族に会いに連れて行くことができなかった、と彼は言った。それでいて、新しい服を買ってくれたあとになっても、彼は言いわけに次ぐ言いわけを並べ立てて、大部分の時間をただドライブしたり、フォードのなかで物を食べたりするばかりで、友達や家族にシーを会わせようとはしなかった。

「あんたの伯母さん、どこに住んでるの？　わたしたち、会いに行かなくちゃいけないんじゃない？」

「いいや。彼女はおれがきらいだし、おれも彼女がきらいなんだ」

「でも、あの伯母さんがいなかったら、わたしたち絶対に会えなかったんじゃないかしら？」

「うん、その通りさ」

とはいえ、誰もその服を見たことはなかったものの、シーにはそのドレスのレーヨン・シルクの手触りはいまだに快かったし、白地に青いダリアが奔放に描かれたデザインも気に入っていた。シーはそれまで一度も花柄プリントのドレスを見たことがなかった。ドレスを着終えると、彼女は台所のドアを通って裏口から外へたらいを引きずり出し、ここにはバケツ半杯分、あそこにはもう少しと、ゆっくり、注意深く配分しながら、たらいの水を萎びた草の上に撒いた。足は濡れても、ドレスを濡らさないように用心して。

台所のテーブルの上に置いた黒ブドウの鉢の上で、ブヨがぶんぶん飛び回っている。シーは手を振ってブヨを追い払い、果物をすすぎ、腰を下ろして、それをむしゃむしゃ食べながら、いまの状況について考えた。明日は月曜だ。いま手許にあるのは四ドル。週末に払わなければならない家賃はその倍だ。来週の金曜日には、十八ドル払ってもらえる。一日三ドルちょっと。だから、入ってくるのは十八ドル。それから八ドル差し引くと、残るのは十四ドル。その金で、人前に出られるような服装をして、職を維持するだけでなく向上させるために、女の子に必要なすべての物を買わなければならない。彼女の望みは、皿洗いから簡単な料理を作るコックになり、おそらくはチップの入るウエイトレスになることだった。彼女は何も持たずにロータスを出てきたし、新しいドレスを除けば、プリンスは何も残してくれなかった。石けん、下着、歯ブラシ、練り歯磨き、防臭剤、もう一枚のドレス、靴、ストッキング、上着、生理用ナプキンが必要だったし、二階の桟敷席で十五セントの映画を見るだけの余裕がほしい。幸いなことに、ボビーの店では、無料で二食食べることができた。この問題を解決するには、もっと働くことだ――二番目の仕事を持つか、もっと実入りのいい仕事を見つけるしかない。

そのためには、二階の隣人、テルマに会う必要があった。おずおずとノックしたあと、シーがドアを開けると、彼女の友達は流しで皿を洗っていた。

「外にいた、あんたを見たよ。汚い水をかけたら、あの庭がみずみずしい緑色になるとでも思ってるの？」と、テルマは訊いた。

「害にはならないでしょ」

「なるわよ」テルマは両手を拭いた。「これは、いままで経験したうちでいちばん暑い春だよ。蚊のやつらが一晩中、血のダンスをするだろうさ。蚊に必要なのは水だからね」

「すみません」

「当たり前さ」テルマはエプロンのポケットを叩いて、キャメルの箱を探した。それから、本に火をつけ、友達を見た。「それ、きれいなドレスだね。どこで手に入れたの？」彼女たち二人は居間のほうに行って、ソファにどすんと腰を下ろした。

「最初にここに越してきたとき、プリンスが買ってくれたの」

「プリンスだって」テルマは鼻を鳴らした。「あのいやなやつのことだろ。あたしは、トラック一杯分のやくざな人間を見てきたけれど、あいつほど役立たずの男には一度もお目にかかったことはないよ。あいつがいまどこにいるか、わかってるの？」

「いいえ」

「知りたい？」

「いいえ」

「そのことじゃ、神様に感謝しなくちゃ」

「仕事がほしいのよ、テルマ」

「一つあるだろ。ボビーの店、やめるなんて言わないでよ」

「違うの。でも、もっといい仕事がほしいのよ。もっと実入りのいい仕事って意味だけど。チップはもらえないし、望むかどうかに関係なく、あのレストランで食べなきゃならないし」

「ボビーの店の食事は最高よ。あんた、どこに行ってもあれ以上のものは食べられないよ」

「わかってる。でも、貯金ができるような本当の仕事がほしいの。それに、だめ、だめ。わたし、ロータスに帰るつもりはないわ」

「その点じゃ、あんたを非難できないわね。あんたの家族ときたら、はっきり言って頭がおかしいんじゃないの」テルマは後ろに寄りかかって、舌を管のように丸めて、漏斗型の煙を吐き出した。

シーはそんな彼女の煙草の吸い方を見るのがいやだったが、嫌悪感を隠した。「たぶん、意地悪なのよ。頭がおかしいんじゃないわ」

「あら、そうなの？　あんたにイシドラって名前をつけたんでしょ？」

「テルマったら」シーは膝の上に肘を載せて、嘆願するような眼差しで友達を見た。「お願い、考えてちょうだい」

「わかった、わかった。ねえ、実際のところ、あんたは運がいいのかも。二週間くらい前、リーバの店に行ったら、たまたまある話を聞いたのよ。あそこの美容院じゃ、知る価値のある話はみんな、聞くことができるからね。スミス師の奥さんがまた妊娠したって、知ってる？　足元に十一人もいるのに、もう一人産まれるんだってさ。牧師さんも男だってことは知ってるけど。やれやれ。牧師さんは、夜はお祈りしてなくちゃいけないでしょうが。あんなことする代わりに……」

「テルマ。仕事の件で、どんな話を聞いたの」

「ああ。バックヘッド――街からちょっと出たところよ――に住んでる夫婦の話なの。リーバが言うには、その人たち二番目が要るんですって」

「二番目って何の？」

「その人たちの家には、コック兼家政婦がいるんだけど、ご主人の手伝いをするメイド・タイプの人間がほしいそうよ。彼は医者なの。いい人たちよ」

「看護師みたいな人が要るの？」

「違う。手伝いの人よ。よくは知らない。包帯やヨードなんかだと思うわ。その女の人が言うには、彼の診療所は家のなかにあるんですって。だから、住みこみができるのよ。お給料はそれほどよくはないけど、家賃は無料だから、それが大きいって言ってたわ」


バス停からの道のりは、シーの新しい白のハイヒールの靴に妨げられて、長いものになった。ストッキングをはいていなかったので、足がひりひりした。彼女はささやかな私物であふれんばかりのショッピングバッグを提げていたが、この静かで美しい環境のなかでも、見苦しくない人間に見えてほしいと願った。スコット博士夫妻の住所は、教会のように清潔な芝生の上にそびえ立つ、大きな二階建ての家だった。表札を見て未来の雇用主の家だとわかったが、その名の一部は発音できなかった。玄関のドアをノックすべきか、裏口のドアを探すべきか、シーにはよくわからなかったが、後者を選んだ。すると、がっしりした背の高い白髪の女性が、台所のドアを開けた。彼女はシーのショッピングバッグに手を伸ばして、ほほえんだ。「あなたはきっと、リーバが電話してきた人ね。お入りなさい。わたしはサラ。サラ・ウィリアムズよ。すぐ先生の奥さんがお会いしますからね」

「ありがとうございます。まず、この靴を脱いでもいいですか」

サラはくすくす笑った。「ハイヒールを発明したのは誰か知らないけど、わたしたちの足をだめにするまでは満足しないんでしょうね。すわれば。冷たいルートビアをあげるわ」

裸足になったシーは、ボビーの店よりずっとずっと大きく、設備の整った台所に目を見張った。その上、もっと清潔だった。ルートビアを二、三口飲んだあとで、彼女は訊いた。

「わたしがしなければならない仕事のことを教えてくださいませんか」

「ミセス・スコットが多少は話してくれるでしょうけど、本当にわかってるのは、先生だけなのよ」

洗面所でさっぱりしたあとで、シーはもう一度靴をはき、サラの後に従って居間に行った。そこは、彼女には映画館より綺麗に思われた。涼気、プラム色のベルベットの家具、重いレースのカーテンを通して入ってくる光。ミセス・スコットは小さなクッションに両手を載せ、くるぶしを交差させて、うなずき、人差し指でシーにすわるよう促した。

「シーというのね？」彼女の声は音楽のようだった。

「はい、奥様」

「ここで生まれたの？　アトランタで？」

「いいえ、奥様。わたしはここから西のロータスという小さな町の出身です」

「子供はいるの？」

「いいえ、奥様」

「結婚してるの？」

「いいえ、奥様」

「どの教会に所属してるの？　どこかに通ったりした？」

「ロータスには神の組合教会というのがありましたけど、わたしは……」

「そこの人たち、跳びはねるの？」

「えっ？」

「気にしないで。高校は卒業したの？」

「いいえ、奥様」

「読むことはできるの？」

「はい、奥様」

「数は？」

「はい、もちろん。一度は、レジの仕事をしたことがあります」

「ハニー。わたしが訊いたのは、そういうことじゃないの」

「数は数えられます、奥様」

「その必要はないかもしれないわ。わたし、主人の仕事についてはよくわからないし、わかろうとも思わないの。彼は医者以上の人よ。科学者で、とても重要な実験をしているの。彼の発明は人々の助けになるわ。フランケンシュタイン博士じゃないのよ」

「何博士ですって？」

「気にしないで。ただ彼の言う通りに、彼の望み通りにやってくれれば、それでいいの。もう行きなさい。サラがあなたの部屋に案内してくれるでしょう」

ミセス・スコットは立ち上がった。彼女のドレスは床まで届く、白い絹のガウンのようなもので、広い袖がついている。シーにとって、彼女は映画の世界の人物で、どこからどこまでも何かの女王のように見えた。


台所に戻ると、シーは自分のショッピングバッグがどこかに移されているのがわかった。サラは部屋に落ち着く前に、何か食べるようにと勧めてくれた。そして、冷蔵庫を開き、ポテトサラダの鉢と、二本のフライにした鶏の腿を選んだ。

「この鶏を温めてほしい？」

「いいえ。そのままで結構です」

「わたし、年取っていることはわかってるけど、どうぞサラと呼んでね」

「わかりました。それをお望みなら」シーは自分が飢えていることに驚いた。小食が習慣になっていた上、ボビーの店の厨房ではジュージューいう熱い赤肉に囲まれていたので、普段は食べ物に対して無関心だった。それなのに、いま彼女は二片の鶏肉が多少とも自分の食欲を鎮められるのだろうかと疑問に思った。

「どうだったの？　ミセス・スコットの面接は」とサラが訊いた。

「うまく行きました」とシーは言った。「いい人ですね。本当にいい人」

「ええ。雇い主としては、働きやすい人よ。スケジュールがあって、好みと必要なものは決まっていて――絶対に変わらないの。ボー博士――彼のことを、みんなこう呼ぶのよ――は、とても紳士的な人よ」

「ボー博士？」

「彼の本当の名前はボールガード・スコットというのよ」

ああ、とシーは考えた。それが芝生の上の表札にあった名前の発音の仕方なんだ。「子供はいるんですか？」

「女の子が二人。遠いところに行ってるの。奥さんは、あなたのここでの仕事がどういうものか話してくれた？」

「いいえ。先生が話してくれるでしょう、って言いました。彼は医者であると同時に科学者なんですって」

「それは本当よ。奥様がお金は全部管理してるけど、彼はいろんなものを発明するの。たくさんの発明品について特許《パテント》を取ろうとしてるのよ」

「パターン？」シーの口にはポテトサラダがいっぱい詰まっていた。「ドレスの模様みたいなもの？」

「いいえ。いろんなものを作る免許みたいなものよ。政府からもらうの」

「あら、そう。もっとチキンをいただけるかしら？　本当に美味しいわ」

「もちろんよ」サラは微笑した。「ここにいたら、わたし、あなたをたちまち太らせてしまうわよ」

「ここには、二番目がほかにもいたんですか。その人たち、クビになったの？」シーは心配そうな顔をした。

「そうね。辞めた人も何人かはいるわ。わたしが覚えているのは、クビになった一人だけよ」

「どういう理由で？」

「何が問題だったのか、原因はわからずじまい。彼は、わたしには適任に見えたけど。若かったし、たいていの人より気さくだったわ。あの人たちが、何かの問題で言い争っていたのは知ってるの。ボー博士は、自分の家にシンパは要らないって言ったのよ」

「センパって、どういうこと?」

「センパじゃなく、シンパ。でも、知らないわよ。何かひどいことだと思うわ。ボー博士は、有力な南部同盟支持者なの。彼のお祖父さんは、どこか北部の有名な戦場で戦死した、保証つきの英雄なのよ。ほら、ナプキンをあげる」

「ありがと」シーは指を拭いた。「ああ、とても気分がよくなったわ。ねえ、あなた。どのくらいここで働いてるの?」

「十五歳のときからよ。あなたの部屋に案内してあげるわね。階下で、たいしたところじゃないけど、眠るためにはもってこいの部屋よ。女王様のために作られたようなマットレスがあるわ」

階下というのは、玄関のポーチから二、三フィート下がったところ、正規の地下室というよりはむしろ天井の低い、家の延長部分と言えそうなところ、だった。医者の診療室からさして遠くない廊下の先に、シーの部屋はあった。汚れ一つない、狭くて、窓のない部屋。その向こうには、サラが爆弾用シェルターと言った貯蔵品でいっぱいの部屋に続く、鍵のかかったドアがある。サラは、シーのショッピングバッグを床の上に置いていた。壁にかかったハンガーからは、二枚の糊の利いた制服が彼女を歓迎している。

「着るのは明日まで待ってちょうだい」とサラは、自分が作った服のまっさらな衿を調整しながら、言った。

「あーら、すてき。見て、あの小さな机」シーはベッドの頭板を見つめ、それから、にっと笑いながら、それに触れた。また、ベッドのそばに置いてある小さな絨毯の上をすり足で歩いてみた。それから、折畳み式のスクリーンの後ろをのぞいて、トイレと流しを見たあと、ベッドにどすんと座り、マットレスの厚い感触を楽しんだ。それから、折り返してあったシーツを元に戻してみて、絹のベッドカバーが目に入るとくすくす笑った。だから、ほらレノーア、と彼女は考えた。あんたがあの壊れたベッドの上でくるまって寝てるのは、どんな寝具なの？　レノーアがその上で寝ている、薄くて、でこぼこのマットレスを思い出すと、シーは自分を抑えることができず、荒々しい大声を上げて笑った。

「静かにして、あなたの気に入って嬉しいけど、そんなに大声で笑わないで。ここでは、顔をしかめられるわよ」

「どうして？」

「あとで話してあげるわ」

「いやよ。いま話してよ、サラ。お願いだから」

「そうねえ、遠くに行ったたって言った娘さんのことを覚えてる？　あの人たち、ホームに入ってるの。二人とも、頭がとても大きいのよ。脳炎っていうものだと思うわ。一人がそういう病気にかかっても悲しいのに、二人ともなんてね？　お気の毒に」

「ああ、神様。なんてかわいそうな」とシーは言った。だから彼はいろんなものを発明してるんだわ――他の人たちを助けてあげたいのね、と考えながら。

翌朝、雇い主の前に立って、シーは堅苦しい人だけど歓迎してくれてると感じた。ボー博士はふさふさした銀髪の小柄な男で、幅の広い、小綺麗な机の前にぎこちなくすわっていた。彼女に対する彼の最初の質問は、子供はいるのか、男性と暮らしたことはあるか、ということだった。シーは短い間結婚していたけれど、妊娠はしなかった、と言った。彼はそれを聞いて、喜んだように見えた。彼女の仕事は、主に器具や設備の清掃と、患者の名前や約束の時間などのスケジュールをきちんと整理して維持することだと、彼は言った。治療費請求の仕事は、事務室で自分がやると言う。事務室は、診療／実験室とは別になっていた。

「朝十時に、すぐここに来なさい」と彼は言った。「それから、必要な状況になったら、夜遅くまで働く心構えをしておくこと。それに、医療というものの現実――ときには、出血するし、痛みがある――にも向き合う心構えが要るね。いつも精神を安定させて、平静でいなければならない。いつも、だ。それができれば、うまく行くよ。できるかな？」

「はい、旦那様。できます。きっとできます」

そして、彼女はその通りにした。医者に対する尊敬の念は、いかに多くの気の毒な人々――

とくに女性や若い娘たち――を彼が助けているかに気づいたとき、さらに深まった。近所の裕福な人々、あるいはアトランタ自体の住民よりはるかに多くの人々を。彼は患者に対して極端なほど注意深く、患者の治療に関して他の医師を招いて共同作業を行なう場合を除けば、彼らのプライヴァシーを守ることにかけては気難しいほどだった。献身的な彼の治療がどれもうまく行かず、患者の容体が悪化した場合には、街の慈善病院へ患者を送った。彼の治療にもかかわらず一人か二人の患者が死んだ場合には、葬式の費用に当ててほしいと金を寄付した。シーはこの仕事が好きだった。美しい家、親切な医者、それに給料――ボビーの店でときどき経験したように払わなかったり足りなかったりということはいっさいなかった。ミセス・スコットにはまったく会わなかった。夫人の身の回りすべての世話をしているサラは、この家の女主人は一度も外に出たことはなく、軽いアヘンチンキ依存症にかかっているのだと言った。医者の妻は、大部分の時間を水彩で花の絵を描くか、テレビ番組を見るかして過ごした。「ミルトン・バール」や「ハネムーナーズ」が彼女のお気に入りだった。「アイ・ラヴ・ルーシー」はしばらく見たが、リッキー・リカルド（ルーシーの夫）は大嫌いだったので、見るのをやめたとのことだった。

　シーがこの仕事に就いてから二週間ほど経ったある日のこと、彼女はボー博士が到着するより三十分早く事務室に入った。彼女はいつも本でいっぱいの本棚に畏怖の念を覚えていた。いま彼女は医学書を丹念に眺め、何冊かの本の表題の上に指を走らせた。『夜を逃れて』。ミステリにちがいないわ、と彼女は考えた。『偉大な民族の継承』（一九一六年にマディソン・グラントが書いた科学的人種差別主義の本）。その隣には『遺伝・人種・社会』があった。

わたしの学校教育はなんてわずかな、無益なものだったのかしら、と彼女は考えた。そして、いつか時間を見つけて、「優生学」についての本を読んで、それを理解しようと心に誓った。ここは安全な、いい場所だとわかっていたし、サラは彼女の家族、友人、相談相手になっていた。二人は毎日、いっしょに食事をしたし、ときには料理もした。台所があまりに暑いときには、裏庭の木の葉の天蓋の下で、最後のライラックの匂いを楽しみながら、また、小さなトカゲがきらりと光って歩道を横切るのを見ながら、食事をした。

その最初の週のひどく暑い日の午後、「なかに入りましょう」とサラが言った。「今日はハエが多くていやだから。それに、柔らかくならないうちに食べなきゃいけない甘露《ハニデュー》メロンがあるのよ」

台所でサラは、野菜籠から三個のメロンを取り出した。一つをゆっくりと愛撫し、それからもう一つを撫でた。「男だわ」と彼女は鼻を鳴らした。

シーは三つ目のメロンを取り上げ、そのライムのような黄色の皮を撫で、茎がとれたあとのわずかなくぼみに人差し指を突っこんだ。「女よ」と彼女は笑って言った。「これは女性よ」

「そうね、ハレルヤ」サラは低い声でくすくす笑って、シーの笑いに加わった。「いつだってい ちばん甘いのよ」

「いつだっていちばんジューシーだわ」シーもこだまのように繰り返した。

「味にかけては、この娘にかなうものはない」

「甘さにかけては、彼女にかなうものはない」

サラは引き出しからよく切れる長いナイフをするりと取り出し、これから味わう悦びに強い期待をこめて、その娘を二つに切った。

5

ぼくの苗字を聞くと、女たちは躍起になってぼくと話をしようとする。マネーですって？　彼女たちはくすくす笑って、同じような質問をする。誰がそんな名前をつけたの？　あるいは誰かの仕業？　重要人物の気分を味わいたくて、自分でそんな名前をでっちあげたの？　でなければ、あなたは賭博師？　泥棒？　みんなが用心しなけりゃならない何かほかの悪党？　ぼくのニックネーム、つまり故郷の連中がぼくを呼んでいた名前、スマート・マネー（罰金、賠償金の意だが、スマートには利口なという意味がある）を教えてやると、彼女たちはきゃあきゃあ大笑いして、こう言う。ダム・マネー（とんまな金の意）ってのはないの？　ばか人間ってのがあるだけ？　もうないって？　わたしのをあげるわよ。それ以後、気楽な会話は止まるところを知らず、友情がひからびたあとまでも友達付き合いが続く。それで、連中はこんな拙いジョークさえ飛ばすようになるのだ。やあ、スマート・マネー。少しおくれよ。マネー、こちらにおいで。気に入ること間違いなしのいい取り引きがあるんだから。

本当の話、故郷のロータスで一度女の子といい思いをしたことと、ケンタッキーで何人かの娼婦と寝たことを別にすれば、決まった女の子は二人だけだった。それぞれの女の子の心のなかにある、小さな壊れやすいものが好きだったのだ。彼女たちの個性や、聡明さや、容貌がどうであろうと、それぞれの心のなかには何か柔らかいものがある。願いごとをするのにちょうどよい形をした、鶏の胸の骨のように。小さなV型。骨より細く、かすかに繋がっていて、その気になったら人差し指で折ることもできるもの。だが、一度も折ったことはない。その気になれば、だ。そこにあって、ぼくから隠れている、ということがわかっているだけで十分だった。

すべてを変えてしまったのは、三番目の女だった。彼女といっしょにいると、あの小さなV型をした鶏の叉骨が、ぼく自身の胸のなかに住みつき、そこをねぐらにした。ぼくをいらいらさせ続けたのは、彼女の人差し指だった。ぼくはクリーニング店で彼女に会った。あれは秋の終わりだったが、あの大洋が打ち寄せる街では誰が先を読むことができただろう？　陽光のように素面で、ぼくは彼女に軍の支給品の服を手渡し、彼女の眼から視線をはずすことができなくなった。馬鹿者のように見えたにちがいない。だが、馬鹿者になったような感じはしなかった。家に帰ったような気がした。ついに。ぼくはそれまで、さまよい歩いていた。完全な浮浪者ではなかったが、それに近かった。酒を飲み、ジャクソン街のミュージック・バーにたむろして、飲み仲間のソファの上や、戸外で眠り、軍隊からもらった給料の四十三ドルをさいころ博打や玉突きに賭けた。それが無くなると、次の小切手が届くまで、すぐ金の入る昼間の仕事をやった。ぼくには助けが要ることはわかっていたが、誰もいなかった。服従すべき軍務、愚痴を言いたくなる軍務もなかったので、ぼくはついに、何一つ持たない路上生活者になった。

ぼくはどうして四日も酒を飲まずにいて、服をドライ・クリーニングする必要があったのか、正確に覚えている。橋を通りかかったあの朝のせいだ。救急車のまわりで大勢の人がうろうろしていた。ぼくがすぐそばまで近づいてみると、医者が水を吐いている小さな女の子を抱えていた。その子の鼻からは血が流れている。杭打機で頭を強打されたように、悲しさがぼくを襲った。胃がくつがえり、ウイスキーを思い浮かべただけで吐きたくなった。ぼくは体が震えるような気がして走り去り、それから数日間、公園のベンチで過ごした。すると、おまわりが来てぼくを追い出した。四日目のこと、ある店のショーウインドーで自分の姿を見ると、別人のように見えた。どこかの汚い、憐れむべき姿の男。その男は、ぼくがよく見る夢のなかで、戦場にたった一人で立ちつくすぼくのように見えた。どこにも誰もいない。どこもかしこも静まり返っている。ぼくは歩き続けるが、まったく誰も見つけることはできない。ちょうどそのとき、身を清めようと思い立ったのだ。夢なんか、くたばってしまえ。ぼくは故郷の仲間たちが誇れるような人間にならねばならない。夢に憑かれ、半狂乱の酔っ払いとは違う人間になる必要があった。だから、クリーニング店でこの女性を見たとき、ぼくは彼女に対して大きく心を開いていた。あの手紙さえなかったら、ぼくはいまだに彼女のエプロンの紐にすがっていただろう。ぼくの心のなかには、あの馬たちと、一人の男の足と、ぼくの腕のなかで震えていたイシドラのほかには、彼女と競うものはいない。

ぼくがセックスの大杯があるホームを探していたのだ、と考えるなら、あなたはとんでもない間違いを犯している。まったく違う。彼女にまつわる何かが、ぼくを打ち負かし、彼女に対して申し分ないほど善良になりたいという気持ちにさせたのだ。こういうことは理解しにくいだろうか。少し前、あなたはこう書いた。シカゴ行きの列車のなかで、例の殴られた男は、家に帰ると態度を一変させて、彼を助けようとした妻を殴るだろうと、いかにぼくが確信していたか、と。だが、それは真実ではない。ぼくが考えたのは、そんなことではない。ぼくが考えたのは、彼は妻を誇りにしていたけれど、どんなに誇らしく思っているかを、列車のなかの他の男たちには見せたくなかったということだ。あなたは愛について、あまりよく知ってはいないと思う。

あるいはぼくについても。

6

男優たちのほうが、女優たちよりずっといい。少なくとも、リリーを名前で呼ぶし、衣裳が完全に身に合っていなくても、古いメーキャップのしみがついていても、大して気にしない。女優たちは「あの子はどこに行ったの？」とか、「ねえ、そこの子、あたしのポンズの瓶、どこにあるの？」のように、リリーを「あの子」と呼ぶ。そして、髪やかつらが言うことをきかないときには、怒り狂う。

リリーの憤りはおだやかなものだった。というのは、衣裳係の裁縫師は洗濯女に比べると、給料がよかったからだ。それに彼女は、母親から教わったさまざまな裁縫技術を見せつけられるようになった。まつり縫い、ブランケット・ステッチ（縁取り縫いの一種）、チェイン・ステッチ（縫い糸が鎖の形を作る縫い方）、バック・ステッチ（返し縫い）、ヨーヨー・ステッチ（花型の布の輪を作る縫い方）、シャンクボタン（足付きボンタ）に平たいボタン。それに加えて、演出家のレイ・ストーンは彼女に対して礼儀正しかった。彼はスカイライト・スタジオでの一シーズンに二つないし三つの芝居を演出し、その他の時間には演劇クラスで教えていた。それで、この劇場は小さく貧しかったが、一年中、蜜蜂の巣箱のように忙しかった。演出の合間や演劇クラスのあとでは、この場所は猛烈な議論で騒々しくなった。ストーン氏や彼の学生たちの額には薄い汗の霧がかかっていた。彼らは舞台の上にいるときより議論するときのほうがずっといきいきしているとリリーは考えた。彼女はこうした言い争いを立ち聞きしないわけにはいかなかったが、芝居の場面についてでもなければ、台詞の言い回しについてでもない、こうした怒りは理解できなかった。その後、スカイライト・スタジオは閉鎖され、ストーン氏は逮捕され、彼女は職なしになってしまったので、彼女がもっと注意深く彼らの話を聞かねばならなかったのは明らかだ。

それは芝居だったにちがいない。つまり問題を起こし、ピケットを張らせ、スナップ・ブリム・ハットをかぶった二人の政府の役人がやって来る事態の原因になったのは。彼女の見方からすれば、芝居の出来はよくなかった。台詞が多く、行動は少なかったけれど、閉鎖しなければならないほど悪くはない。たしかに、リハーサルはやったものの、上演の許可をもらえなかった芝居ほど悪くはなかった。彼女の記憶が正しければ、それには「モリスンの場合」という題名がついていた。作者はアルバート・マルツとかいう人だった。

ワンのヘヴンリー・パレス・ドライクリーニング店での給料は劇場よりは少なく、俳優たちからのチップもなかった。だが、昼間働けるということは、小さな貸間から劇場まで夜道を歩いて往復するよりはずっといい。リリーはアイロン部屋に立って、怒りに発展した最近のいらだちを思い返していた。先頃、不動産業者から受けた対応が憤激の原因だった。質素に暮らし、仕事に集中していたので、彼女は両親が遺してくれたものに、貸間を出て持ち家の頭金にするには十分な額を付け加えていた。そして、五千ドルのすてきな家の広告に丸をつけていた。そこは勤め先のクリーニング店からは遠いが、これほどいい環境からなら喜んで通勤するつもりだった。付近をぶらぶら歩いたときに受けた人々の凝視は、別に気にならなかった。自分の服装がいかにきちんとしているか、伸ばした髪がいかに完璧か、わかっていたからだ。数回午後の散策をしたあと、ついに彼女は不動産業者に相談をした。彼女が自分の目的と、お目当ての二軒の売出し中の家について希望を述べると、その業者は微笑して、「本当にお気の毒です」と言った。

「もう売れたのですか」とリリーは訊いた。

業者は目を伏せ、それから嘘は言うまいと決めた。「いいえ、まだです。ですが、制約があるんですよ」

「どんな？」

業者はため息をついた。明らかにこうした会話は続けたくないらしく、机の上の吸い取り紙を持ち上げ、その下からホチキス留めの書類を引き出した。それから、ページをめくり、下線を施した部分をリリーに見せた。リリーは人差し指で印刷された行をなぞった。

〈この契約によって譲渡される当物件のいかなる部分も、ヘブライ、エチオピア、マレー、アジア人種の一員によって使用、あるいは占有されることを禁じる。ただし、家事労働にたずさわる被雇用者に限り、この条件の例外とする〉

「この街の他の地域でしたら、貸し部屋やアパートがあるんですけど、ご希望……」

「ありがとう」とリリーは言った。そして、あごを上げ、プライドが許すかぎりのすばやさで、その事務所を出た。とはいえ、怒りが冷めてから、いろいろ熟考した末、彼女は再びその不動産業者の事務所に戻り、ジャクソン通りに近い二階の、寝室一間のアパートを借りたのだった。

彼女の雇用主はスカイライト・スタジオの女優たちよりはるかに思いやりがあったとはいえ、ワン一家のために六カ月間蒸気処理やアイロンかけをしたあと、また、七十五セントの昇給をしてもらったあとになっても、彼女はまだ閉塞感を拭えないでいた。彼女はいまだに、あの家か、それに類した家が買いたかったのだ。この落ち着かずそわそわした生活のなかに、「同日サービス」を求めて軍隊支給品の服の包みを抱えた、あの背の高い男が入りこんだのだった。

ワン夫婦は裏の部屋で昼食を摂る間、彼女にカウンターでの仕事をまかせていた。彼女はその客に、「同日サービス」は正午前に受けつけた場合にかぎり適用されるのだと説明した。ですから、受け取りは明日になります。そう言ったとき、彼女はほほえんだ。彼は微笑を返さなかったが、その眼はひどく静かで、遠くを見つめる眼差し――大洋の波を見つめて暮らしを立てている人々のような――をしていたので、リリーは折れた。

「では、できるかどうか、やってみましょう。五時半に戻ってきてください」

彼は戻ってきたが、服をかけたハンガーを肩にかついだまま、彼女が出てくるまで三十分、歩道の上で待っていた。それから、家まで送ろうと言った。

「上がっていらっしゃる?」とリリーは訊いた。

「きみの言うことなら、何でもするよ」

彼女は笑った。

二人はお互いの腕のなかに滑りこみ、一週間経たないうちに夫婦のような関係になった。しかし、何カ月もあとになって、家族に問題ができたので出て行かなければならないと彼が言ったとき、リリーは自分の脈が一度異常な打ち方をしたのを感じた。それがすべてだった。

フランクと暮らすことは、最初はすばらしかった。だが、その破綻は一回きりの爆発というよりは、むしろつっかえつっかえの連続現象に近い。彼女は勤務先から帰宅して、ソファにすわってじっと床を見つめている彼の姿を見るとき、不安よりは苛立ちを感じはじめていた。ソックスの片方をはいて、もう片方は手に持ったままだ。名前を呼んでも、顔をのぞきこんでも、動かない。それでリリーは、彼をほったらかしにして、台所に行き、彼が食べちらした皿類を洗い片づけて、気をまぎらわす術を学んだ。最初の頃と同じように楽しかったとき、ほおの下に彼の軍隊の認識票を感じながら隣にいる彼といっしょに目覚めるときの甘美な思いは、しだいに思い返すことが減っていく記憶になった。彼女は陶酔感がなくなったのを残念に思ったが、その頂点はいつか戻ってくるだろうと思っていた。

その間、生活上の小さな機械的な部分に手当てをする必要が生じてきた。未払いの請求書、たびたび起こるガス洩れ、ネズミ、最後のストッキングに入った伝線、敵意のある隣人たちとの争い、蛇口からの水の滴り、役立たずの暖房設備、迷い犬、とんでもない牛の挽肉の値段。これらの苛立ちの原因のどれをも、フランクはまじめに考えようとしなかった。まったく正直なところ、彼女は彼を非難することはできなかった。これらの山のような不満の下には、持ち家がほしくてたまらない彼女の渇望が埋まっているのを知っていたからだ。この目標の達成に向けた熱意に彼が全然関心を持たないことが、憤激のもとになった。事実、彼はまったく目的を持っていないように見えた。彼女が将来について、何をやりたいのかと質問すると、「生き続けることさ」と答えるのだ。ああ、と彼女は考える。戦争がいまだに彼に取り憑いているんだわ。それで、苛立ちや不安を感じていたとしても、彼女はたいていのことは許してやった。あの二月のある日、二人が高校のフットボール場で開催された教会の年次総会に行ったときのように。教会員を募るという本来の目的より、幾つものテーブルに載った無料の美味しい食べ物のほうが有名になっていたが、教会はすべての人を歓迎した。だから、教会員だけでなく、みんながやってきた。入り口に群がったり、食べ物の列に並んだりする非信者のほうが、信者よりはるかに数が多かった。まじめな顔をした若者たちや、やさしい顔をした年長者が配る文書は、ハンドバッグや脇ポケットに押しこまれた。朝降った雨が止み、陽光が雲を抜けて滑るように差してきたとき、リリーとフランクはスリッカー（ゆるやかで長いレインコート）をセーターに取り替え、手を取り合ってスタジアムまでぶらぶら歩いていった。リリーはいつもよりほんの少し頭を上げ、フランクが散髪していればよかったのに、と考えていた。人々は彼に行きずりの人の眼差し以上の注意を払ったが、たぶん彼の背がとても高かったためだろう。あるいは、彼女がそう願ったのかもしれない。とにかく、その日の午後中、二人は上機嫌で——人々とお喋りしたり、子供たちが皿に食べ物を載せる手助けをしたりしていた。そのあと、あの冷たい陽光と心暖まる陽気さのただなかで、フランクがいきなり逃げ出したのだ。二人はテーブルの前に立って、チキンのフライのお代わりを皿の上に載せていた。そのとき、少し眼が吊り上がった小さな女の子が、テーブルの反対側の端に手を伸ばしてカップケーキを取ろうとした。フランクはかがんで、大皿を女の子の近くに押しやった。彼女が顔いっぱいに感謝の笑みを浮かべると、彼は食べ物をその場に落とし、群衆を押し分けて走り去った。彼がぶつかった人々や他の人たちは、道を空けてやったが――何人かは顔をしかめ、その他はただただ呆然としていた。きまりが悪く、不安にもなって、リリーは紙の皿を下に置いた。それから、懸命に彼を知らないというふりをして、あごを上げ、誰とも眼を合わさないようにしながら、ゆっくり観覧席のそばを通ってフランクが通り抜けた出口から外に出た。

アパートに帰り着くと、ありがたいことに、そこは空っぽだった。どうして彼はあれほど急に変わったのか。いま笑ったかと思うと、次の瞬間には恐怖に襲われる。彼女に向けられるかもしれない何らかの暴力が、彼の内に潜んでいるのだろうか。もちろん、彼にも機嫌が悪いときはあった。しかし、一度も議論を吹っかけたことはなく、脅かすようなことは全然しなかった。リリーは膝を引き寄せ、その上に肘をついてすわり、自分と彼の混乱した気持ちについてよくよく考えてみた。彼女の望む将来と、彼がそれを共有できるか、という問題。彼が帰宅したときには、すでに夜明けの光がカーテンを通して忍びこんでいた。鍵穴で鍵の回る音が聞こえたときリリーの心臓は跳び上がったが、彼はおだやかで、その言葉によると「恥で打ちのめされて」いた。

「あなたを怯えさせたものは、朝鮮で過ごした日々と関係があるの？」これまでリリーは一度も戦争について尋ねたことはなく、彼も決してその話題は持ち出さなかった。いいわ、と以前彼女は考えていたのだった。前に進まなくちゃ、と。

フランクはほほえんだ。「朝鮮で過ごした日々?」

「ええ。わたしが何のこと言ってるのか、わかってるはずよ」

「うん、わかってるさ。もう二度とあんなことは起こさない。約束するよ」フランクは両腕で彼女を抱いた。

普通の生活が戻ってきた。彼は午後、洗車の仕事をし、彼女のほうは週日はワンの店で働き、土曜は注文品の直しをした。二人はますます人付き合いをしなくなったが、リリーは別に寂しいとは思わなかった。ときどき映画を見るだけで十分だった。『その男を逃すな』を見るまでは。その後、フランクは黙ってこぶしを握りしめて、夜の一部を過ごした。もう映画は見なくなった。

リリーの照準は別のほうに向けられた。少しずつ彼女はその裁縫技術のために頭角を現わしはじめた。二度ばかり花嫁のヴェール用のレースを作り、裕福な客の依頼で麻のテーブルクロスの刺繡をすると、彼女の評判はしだいに高くなった。複数の特別注文を受けるようになったので、彼女はどんなことが起ころうと、自分の持ち家を手に入れて、そこで洋裁店を開こうと心に決めた。ひょっとしたら、いつか衣裳デザイナーになれるかもしれない。結局、彼女は劇場でプロとしての経験を積んでいたのだから。

フランクは約束した通り、もう人前で感情を爆発させることはなかった。そうはいっても、帰宅したとき、彼が再び何もしないでソファにすわり、絨毯を見つめているだけということが度重なると、彼女の気持ちは萎えてくるのだった。彼女は努力した。本当に努力した。しかし、どんなに些細なものであろうと、家事のすべてを彼女がやらねばならなかった。床には彼の服が散らばり、流しには食べ物がこびりついた皿が置かれている。ケチャップの瓶は蓋が開けっぱなし、排水口には剃ったひげが詰まり、浴室のタイルの上には、水を含んだタオルが丸まっている。リリーは努力して続けていくことができたし、実際に続けていた。こうして苦情はしだいに一方的な議論になった。彼が取り合おうとはしなかったからだ。

「どこに行ってたの？」

「ちょっと外に」

「外のどこ？」

「通りの先のほうに」

バーか？　床屋か？　玉突きか？　たしかに、公園にすわっていたわけじゃないはずだ。

「フランク、ミルク瓶は玄関に出す前にすすいでくれる？」

「すまない。いま、やるよ」

「遅すぎるわ。わたしがもうすすいだから。わかってるでしょ、何でもかんでも一人じゃやれないのよ」

「誰だって、そうさ」

「でも、あんたは、何かできるんじゃないの？」

「リリー、お願いだから。きみの望むことは何でもやるよ」

「わたしが望むことですって？　ここはわたしたちの家よ」

リリーを包む不満の霧は濃くなった。彼は明らかに無関心だったし、欲求と無責任が組み合わさっていたので、彼女が憤慨するのはもっともだった。ベッドでの営みは、他の男を知らない若い女性にとって、かつては文句なしによかったものの、いまではお義理になっている。あの雪の日、彼がジョージアにいる病気の妹の面倒を見るためにあんな大金を借りたいと頼んだとき、リリーの嫌悪感は安堵の思いと戦い、負けた。彼女は彼が流しの上に置いていった認識票を拾い上げ、引き出しのなかの銀行の預金通帳の隣に隠した。いまアパートは彼女一人のものので、きちんと掃除をし、いろんなものをあるべき所に納め、それらのものが動かされたり粉々に壊されたりしてはいない、と確信して目覚めることができた。フランクがワンのクリーニング店から家まで送ってくれる前に感じていた寂しさは溶解しはじめ、その代わりに、自由と自ら求めた孤独、突破したい壁のほうを選んだ高揚感の戦きが入りこみ、しかも偏向した男を背負いこむ重荷はなくなった。邪魔されず、気が散らされなくなったので、彼女はまじめになり、自分の野心に見合う計画を発展させて、成功することが可能になった。それこそ両親が教えてくれ、彼女が両親に約束したことではなかったか。選んだら、決して動かされるな、と両親はしつこく言い聞かせたものだ。どんな侮辱を受け、軽視されても、打ち負かされるんじゃないよ。あるいは、実は引用が間違っていたのだが、父親が好んで述べたのは、次のような言葉だった。「娘よ、腰に力を入れろ。お前の名は、おれのおふくろ、リリアン・フローレンス・ジョーンズに因んでいるのだからな。あれほどタフなレディは、見たことがないよ。自分の才能を見つけて、それを伸ばせ」

フランクが去っていった日の午後、リリーは正面の窓のところに行き、重い雪片が通りに白い粉のように散り敷いているのを見て、驚いた。それで、天候が悪化して出られなくなると困るので、すぐ買物に行こうと決心した。ひとたび外に出ると、歩道の上に革のコイン入れが落ちているのが目に入った。開いてみると、コイン——大部分が二十五セント銀貨や五十セント銀貨だ——がいっぱい入っているのがわかった。すぐ誰かが見張っているかもしれないと思った。通りの向かい側のカーテンは少し動いただろうか？　そばを走り去った車のなかの乗客は見ただろうか。リリーは財布を閉じて、ポーチの柱の上に置いた。彼女が緊急時用の食料や生活用品でいっぱいの買物袋を抱えて戻ってきたとき、財布は雪に覆われていたものの、まだそこにあった。リリーは周囲を見なかった。何気なくそれを掬いあげて、買物袋のなかに落とした。のちに、フランクが寝ていた側のベッドの端に広げてみると、冷たく光るコインは、まったく公平な取引の結果のように思われた。かつてはフランク・マネーがいたけれど、いまは空っぽになった空間で、本物のマネーがきらきら光っている。これほどはっきりした兆候を、誰が見誤ることができよう？　リリアン・フローレンス・ジョーンズはそんなへまはしなかった。

7

ジョージア州ロータスは、世界中でいちばん悪い場所だ。どんな戦場よりも悪い。少なくとも戦場では、目標や、興奮や、大胆な行動や、多くの敗北の機会と同様、勝利の機会もある。死は確実に来るが、生も同じように確かなものだ。問題は、前もって知ることができないことだ。

ロータスでは、たしかに前もって知ることができる。将来はなく、つぶす時間の長い連なりがあるだけだから。息をすることより他に目標はなく、勝ち取るものもなければ、誰かほかの人の静かな死以外、生き残るためのものも、生き残る価値のあるものもない。ぼくの二人の友達がいなければ、十二歳になるまでにぼくは窒息していただろう。彼らが、ぼくのかわいい妹といっしょになって、両親の無関心と、祖父母の憎しみを単なる思い出にしてくれた。ロータスには、何かを知っている人も、何かを学びたいと願う人もいない。たしかに、そこは人が住みたいと思うような場所には見えなかった。たぶん百人かそこらの人々が、散らばった五十軒程度の、ぐらぐらする家に住んでいるのだろう。所有しておらず、所有することもできず、もし他の選択肢があれば所有したいとも思わぬ畑での頭を使わない仕事のほかには、することもない。ぼくの家族は、このような暮らしに満足していた。さもなければ、おそらくは、希望さえ持っていなかったのだろう、ぼくにはわかる。一つの街から追い出された身には、安全で、夜平和に眠ることのできるところ、朝目が覚めて、顔にライフルが突きつけられていないところなら、十分すぎるくらいなのだ。だが、ぼくにとっては、とてもとても十分だとは言えない。あなたは一度もそこで暮らしたことがないから、そこがどういう感じがするところか知らないのだ。頭のある子なら、それをなくしてしまうだろう。ときどき、愛のない、ささやかですばやいセックスができれば、ぼくは幸せだと言えるのか？　ひょっとして何か偶然の、あるいは計画的な、いたずらができれば？　ビー玉や、魚釣りや、野球や、兎撃ちが、朝ベッドから出る理由になるだろうか。あなたには、ならないことがわかっているはずだ。

マイクとスタッフとぼくは、町を出て、遠くへ、遠くに行ってしまえるときが待ちきれなかった。

軍隊があって、本当によかった。

あの場所については、星よりほかになつかしく思うものはない。

あちらの方向に行くことを考えるようになったのは、ひとえにトラブルに巻きこまれた妹がいたからだ。

どうかぼくを熱意あふれる英雄としては描かないでほしい。

ぼくは行かなければならなかったが、それが怖かったのだ。

8

ジャッキーのアイロンかけは完璧だ。床掃除のほうはそれほど上手ではなかったけれど、レノーアは彼女を使い続けていた。スカートの脇あきや、ワイシャツのカフス、衿、ヨークに関する彼女の技術は、誰も真似できないものだったからだ。その小さな手が重いアイロンをやすやすと持ち上げるのを見るのは楽しかったし、彼女がいかにたやすく薪ストーヴの焔を操るかを見るのは悦びだった。アイロンがどのくらい熱くなっているか、最適な温度と焼け焦げを作る温度との違いを感じとるのが、彼女はなんとうまかったことか。彼女は十二歳ですでに、騒々しい子供の遊びに興じる一方で、大人顔負けのみごとな雑用のこなし方をするという、あの絶妙な組み合わせを示していた。彼女がバブルガムをふくらましながら、路上でパドルボール（ラケットでボールをコートの壁面に交互に打ちあうゲーム）をやったり、オークの木の枝から逆さにぶらさがっていたりするのを、人は見ることができる。その十分後には、プロのように魚の鱗を取ったり、雌鶏の羽をむしったりしているかもしれない。レノーアは、ジャッキーの床掃除がいい加減なことについては、自分を責めた。モップの頭は、吸収性のあるもっとよい品質のロープではなく、ボロの包みでこしらえていたからだ。彼女は膝をついて床をこすれとジャッキーに言おうかと思ったが、その痩せて小さな女の子の体が床の上に四つんばいになるのは見ないほうがいいと考えた。セイレムに何度も何度も新しいモップを買ってきてくれ、ミスター・ヘイワードの車に乗せてもらってジェフリに行き、必要な生活必需品を買ってきてくれと頼んでも、「お前は車の運転ができるじゃないか。自分で行けよ」という、いつもながらのたくさんの言いわけの一つが返ってくるだけだった。

レノーアはため息をつき、セイレムを最初の夫と比較しないよう努力した。ああ、なんてやさしい人だったのかしら、あの人は、と彼女は考えた。思いやりがあって、精力的で、善良なキリスト教信者だったばかりでなく、金儲けもうまかった。彼はちょうど主要道路が分かれて田舎道に入るところ、ガソリンを注入する必要が出てくる理想的な地点に、ガソリンスタンドを持っていた。すてきな男だった。彼のガソリンスタンドがほしかったのか、あるいはそれを羨んでいたのか、そういう輩に彼が射殺されたのは、本当にひどい、恐ろしいことだった。彼の胸に残されたメモには、「出て行きやがれ、いますぐ」とあった。その事件は、大恐慌がいちばん深刻だったときに起こった。それで、保安官はもっと重要な事件で頭がいっぱいだったのだ。ありふれた射殺で地域中を捜索するということは、保安官の頭にあった事柄の一つではなかった。彼はメモを取り、調査しましょうと言った。調査したとしても、何を発見したかは報告しなかった。幸いなことに、レノーアの夫には貯金があり、保険をかけていた。その上、ジョージア州ロータスに、従兄の所有物だった放棄された土地があった。夫を殺した人間が誰であろうと今度は自分を狙ってくるかもしれないと考えたので、彼女はおびえて家を売り、フォードに積めるだけのものを積みこみ、アラバマ州ハーツヴィルからロータスに引っ越してきた。時間が経つにつれて恐怖は薄らいできたが、一人で心地よく暮らしていけるまでにはならなかった。そういうわけで、セイレム・マネーというロータスの寡夫と結婚することで、とにかく当面の間、問題は解決した。家を整える手助けをしてくれる人間はいないか、と神の組合教会の牧師に相談したところ、彼は一、二の名前を挙げたが、セイレム・マネーには時間も技術もあると仄めかした。それは事実で、セイレムはその地域の数少ない独身の男性の一人だったので、二人が力を合わせるのは当然だと思われた。レノーアが車を運転して、二人は結婚証明書をもらうためにはるばるマウント・ヘイヴンまで行ったが、出生証明書を持っていないからと言って、事務員は証明書の交付を拒否した。それが本当かどうかはわからないが、彼女はそう言った。だが、その独断的な拒否は二人を思い止まらせはしなかった。神の組合教会で、二人は結婚の誓いを立てた。

アラバマ州から遠く離れたこの避難所で、レノーアがちょうど居心地のよさと安全を感じはじめていたその矢先、セイレムの親戚だという大集団が——ボロをまとい、故郷から追い出されて——到着した。彼の息子のルーサーと、その妻アイダ、もう一人の息子のノランクに孫のフランク、それに生まれたばかりの泣きわめく赤ん坊。

どうにも我慢ならない事態だった。彼女とセイレムがこの家を綺麗に整えようとしてきたことは、みんな無駄になった。彼女は前もってよくよく考えてから屋外便所を使わねばならず、プライヴァシーは全然なくなった。朝早く目を覚まし、ゆったり朝食を摂るのが習慣になっていたが、そのためには家中に散らばった、眠ったり、授乳したり、いびきをかいたりしている体の上をまたがねばならなかった。そのため調整して、男たちが出て行き、アイダが赤ん坊を連れて畑仕事に出かけたあと、朝食を摂ることにした。だが、彼女をいちばん怒らせたのは、夜中に赤ん坊が泣くことだった。やがてアイダが、もう畑では赤ん坊の面倒を見ることができなくなったので、その世話をしてくれないかと頼んだとき、レノーアは頭がおかしくなりそうな気がした。だが、どうしても断りきれず同意したが、それはひとえに四歳の兄が赤ん坊の本当の母親になっているのが明らかだったからだ。

家なしの家族は感謝しており、彼女の望むことはどんなことでもやり、決して苦情は言わなかったが、これらの三年間は苦難の時期だった。彼らは給料全部を自分たちのものにすることを許されていた。十分貯えができたら、自分たち自身の家を借りて、レノーアの所から出て行くことができるからだ。レノーアの住居は手狭で、不便になり、余分の雑用が増え、夫はますます無関心になった――彼女の避難所は破壊された。これほど圧迫されていることに対する彼女の不快の雲は、漂い先を見つけた。つまり、少年と少女の頭のまわりに。レノーアは自分は単に厳しい義理の祖母であって、残酷な祖母ではないと信じていたにもかかわらず、このつけを払わされたのは、幼い兄妹だった。

女の子はどうにもしようのない子で、四六時中たしなめてやらねばならなかった。その子が生まれたときの状況は、とうていよい兆候とは言えない。彼女の不器用さとないも同然の記力についてはおそらく何かの病名があるだろうが、夜、鶏小屋の扉は閉めておくこととか、毎日毎日食べ物を服の上にこぼさないようにすることとかを覚えさせようと鞭で打っても全然効果はなかった。「お前が持っているドレスは二枚だ。二枚きりだよ！　お前は食事のたびに、その一枚をわたしに洗わせようって魂胆なの？」ただ彼女の兄の眼に宿る憎しみの色を見て、レノーアは平手打ちを思い止まった。彼はいつも妹を保護し、まるでペットの子猫のように妹を慰めるのだった。

ついに、一家は自分たち自身の家に引っ越した。レノーアの家は、再び平和と秩序が領することになった。それから何年かが過ぎ、子供たちは成長して去っていき、親は病気になって死んだ。作物は不作で、嵐が家や教会を薙ぎ倒したが、ロータスは持ちこたえた。レノーアも持ちこたえていたが、あまりにもたびたびめまいを覚えるようになった。わたしのためにちょっとした雑用をしてくれるよう娘さんを貸してくれないかと、ジャッキーの母親に頼みこんだのは、その頃だ。レノーアが唯一ためらったのは、ジャッキーの犬、彼女がたえず気にかけている犬の存在だった。黒と褐色のドーベルマンで、一度もジャッキーのそばを離れたことがない。彼女が眠っているときも、近所のどこかの家のなかにいるときも、ドーベルマンはドアのすぐ外側で、両前足の間に頭を載せていた。気にすることはないわ、とレノーアは考えた。犬が裏庭やポーチの上に留まっているかぎり。レノーアは、長時間立ちっぱなしで雑用をこなしてくれる人が必要だった。その上、ジャッキーからは、村で起こっている事柄についてニュースの切れ端を集めることができた。

彼女は、シーが駆け落ちした相手の都会の青年が、彼女の車を盗んで、一カ月も経たないうちにシーを捨てたことを知った。シーはあんまり恥ずかしくて、家に帰って来られないということも。思った通りだ、とレノーアは考えた。あの女の子についてわたしが推測したことは、みんな当たっていた。合法的な結婚さえ、彼女の手には負えなかったのだ。レノーアは何らかの正式なもの、何かの記録が要る、と主張せざるをえなかった。そうでなければ、あの二人はまたもやだらしのない「同棲」の仕方をしたことだろう。何の義務もないので、一人は気兼ねなくフォードを盗み、もう一人は責任逃れをしている。

ジャッキーはまた、朝鮮戦争で息子を失った二家族の状況もつぶさに語ってくれた。一方はダラム家で、マイケルの家族だった。レノーアは悪企みに長けた男、フランクの親友としての彼を覚えている。彼と、アブラハムという名のもう一人の青年、メイリーンとハワード・ストーンの息子、みんなが「スタッフ」と呼んでいた男の子も殺された。三人組のなかで、フランクだけが生き残った。彼は絶対にロータスには帰って来ないだろうと、人々は噂している。息子たちの死に対するダラム家とストーン家の人々の反応は適切だった。だが、はたから見ると、まるで聖人の遺体が送り返されてくるのを待っているような有様だった。これら三人の男の子が、あの美容師の家に招いてもらおうと、いろいろ画策していたことを、彼らは知らなかったのか、あるいは覚えていなかったのだろうか？　なんて自堕落な。なんて不名誉な。彼らは彼女をミセス・Kと呼んだ。お高くとまるのは、彼女のためにならなかった。アルソップ師が彼女に会いに行き、近所のティーンエイジャーの子供たちをもてなすのは止めなさいと忠告したところ、彼女は熱いコーヒーのカップを牧師のシャツに投げつけた。二、三の祖母たちが彼女に話をするよう牧師を焚きつけたのだったが、父親たちはミセス・Kのサービスを気にしなかったし、母親たちも同様だった。ティーンエイジャーたちはどこかで学習しなければならなかったのだ。だから、他人の夫はほしがらない近所の未亡人は、罪というよりは一種の恩恵だった。おまけに、彼女のおかげで彼らの娘たちはより安全になった。ミセス・Kはせがみもしなければ、金も取らなかった。明らかに、彼女はときどき欲望が高まったとき、自分(と十代の少年たち)を満足させただけだった。その上、彼女ほどすてきな髪型にしてくれる人はいなかった。レノーアは彼女の家の忌まわしい台所にすわることはもとより、通りを横切って「おはよう」と言いに行く気すらまったくなかった。

こうしたことをすべて、彼女はジャッキーに話した。女の子の眼はどんよりしていたが、彼女はいつものセイレムの反応とはちがって、議論もしなければ、反対もしなかった。

レノーアは底の底から不幸な女だった。そして、一人でいることを避けるために結婚したにもかかわらず他人を軽蔑していたため、まったくの独りぼっちとは言わないまでも、孤独だった。彼女の慰めになったのは、かなり多額の預金があることと、不動産を持っており、近隣には数台しかない車のうちの一台、実際には二台所有していることだった。ジャッキーは彼女が望むかぎりの話し相手になってくれた。聞き上手だし、大変な働き手で、レノーアが毎日支払っている二十五セントよりずっとずっと価値のある人間だった。

それなのに、突然すべてが終わりになった。

ミスター・ヘイウッドは、誰かが彼の目の前でトラックの荷台から二匹の子犬を放り出したと言った。彼はブレーキを踏み、まだ首の骨が折れていない一匹を拾い上げた。雌犬で、いつも漫画の本や、キャンディをやっていた子供たちのところに連れて行った。二、三人は喜んで、子犬の世話をしたが、他の子供たちはいじめた。しかし、ジャッキーはその犬が大好きで、餌をやり、保護し、芸を教えた。その犬がすぐ誰よりもその犬を愛していた彼女になついたのは当然だった。ジャッキーは犬にボビーという名前をつけた。

ボビーはふつうチキンを食べなかった。鳩のほうが好きだったからだ。鳩の骨のほうが美味だったのだろう。そして、食べるために狩りをすることもなく、どんなものでも与えられたものや、たまたま行きあったものを食べた。そういうわけで、レノーアの家のポーチの階段の周りで虫をついばんでいた若雌鶏は、その犬の恰好の獲物になった。ボビーを叩いて若雌鶏の死骸から追い払うためレノーアが使ったステッキは、彼女がまっすぐ立つために使うものと同じだった。

ジャッキーは犬の鳴き声を聞いて、枕カバーにアイロン型の焼け焦げができるのもかまわず、家から飛び出し、ボビーを救いだした。どちらもレノーアの家には戻らなかった。

お手伝いも頼りになる夫もいないので、彼女は最初の夫が死んだあと、セイレムと結婚する前と同じほど孤独になった。近所の女たちの機嫌を取って友情を育むには遅すぎた。彼女たちに、自分たちのレベルと彼女のレベルとの違いをしかと知らしめていたからだ。ジャッキーの母親に頼みこんだのは、無益だったばかりでなく、屈辱的だった。答えは「お気の毒ですが」だったからだ。いまや彼女は自分が最も高く評価している人間――自分自身――と付き合うだけで満足しなければならなくなった。六月のうだるように暑い夜のこと、彼女が軽い卒中を起こしたのは、おそらくこのレノーアとレノーアとの仲間意識のせいだったのかもしれない。セイレムがベッドのそばにしゃがんでいる彼女を見つけて、ミスター・ヘイウッドの家に走りこんだ。それで、ミスター・ヘイウッドが車で彼女をマウント・ヘイヴンの病院に連れて行ってくれた。そこの廊下で危険な状態のまま、長い間待たされたあと、ついに、さらなる損傷を防ぐ治療を受けることができた。彼女は呂律がはっきりしなくなったが、注意すれば歩くことはできた。基本的な欲求についてはセイレムが面倒を見たが、彼女が喋る言葉は一言も理解できないことがわかって安堵した。本当かどうかはわからないが、彼はそう言った。

教会に通い、神を恐れる近所の女たちが、彼女に食べ物の皿を持ってきてやり、床の掃除をし、シーツを洗ってやったのは、彼女たちの善意を証拠だてるものだった。レノーアのプライドと彼女たちの感受性が拒否しなければ、風呂にさえ入れてやったかもしれない。彼女たちは、自分たちが世話をしている女性は、自分たち全員を軽蔑していることを知っていた。だから、真実だと理解していることをあえて口に出して言う必要さえなかった。つまり、主は人間には推し量ることのできないやり方で、驚くべき御業をなしたもう、ということを。

9

朝鮮。

あなたは、そこを想像することはできない。そこにいたことがないからだ。そこの荒涼とした風景を描くこともできない。一度も見たことがないからだ。まず、寒さについて語らせてくれ。ぼくの言うのは冷気のことだ。朝鮮の冷気は、凍りつくとき以上の痛みを与え、剝がすことのできない膠のようにこびりつく。

たしかに、戦闘は恐ろしいが、生きている。命令が下り、はらわたが活気づき、仲間を援護し、殺す——明瞭で、深い思索は必要ない。難しいのは、待つことだ。冷たい、単調な日々を切り抜けていくためにできるかぎりのことをやっている間に、何時間も何時間もが過ぎていく。何よりも最悪なのは、一人ぼっちの歩哨勤務だ。いったい何度手袋を脱いで、指先が黒くなりかけていないかを確かめ、またはブラウニング（ピストル）を調べてみたことか。眼と耳は、動きを見たり聞いたりするよう訓練されている。あの物音はモンゴル人か？　モンゴル人は北朝鮮人よりはるかに悪い。彼らは決して逃げず、決して止まらないからだ。死んでいると思っても、くるりと寝返って、あなたの股座を撃つ。たとえあなたが間違っていて、彼らが麻薬常用者の眼と同じほど死んでいても、確認のため火薬を無駄使いするだけの価値はある。

そこに、ぼくはいた。何時間も何時間も、間に合わせの壁に寄りかかって。はるか下のほうの静かな村以外、何も見えるものはない。その村の藁葺き屋根は、その向こうの裸山を真似しているようだ。ぼくの左側には、凍った竹の固い群生が雪の下から突き出ている。そこは、ぼくらが生ごみを捨てるところだ。ぼくはできうるかぎり神経を研ぎすまし、聞き耳を立てて、吊り上がった眼か綿入れ帽子の片鱗が見えないかと目を凝らす。たいていのときは何一つ動かない。だが、ある日の午後、ぼくは竹藪のなかでかすかに物の裂ける音を聞いた。何か一つのものが動いている。それが敵でないことは、わかっていた——敵は決して一人では来ない——それで、虎だと思った。虎が丘の上を歩きまわっているという噂があったが、誰も虎を見た者はいなかった。それからぼくは、地面に近いところの竹が分かれるのを見た。たぶん、犬だろう？　違う。突き出て、地面を撫でている子供の手だった。ぼくは微笑したのを覚えている。ぼくとシーが、ミス・ロビンソンの木の下の地面から桃を盗もうとしていたときのことを思い出したからだ。彼女がぼくらを見つけてベルトを摑まないように、ぼくらはこそこそと這いまわり、できるかぎり音を立てないようにした。その最初のとき、ぼくは女の子を追い払おうとさえしなかった。だから、彼女は毎日のように戻ってきた。竹藪を押し分け、ぼくらの残した生ごみを食べるのだ。ぼくが彼女の顔を見たのは、一度きりだ。たいていの場合、ぼくは彼女の手が竹藪のなかを動いて、生ごみを摑むのを見ただけだ。彼女がやってくるたびに、それは、小鳥が雛に餌をやっているのを見るときのように、あるいは雌鶏がそこに埋まっているのがたしかにわかっている虫を探して地面をひっかいているのを見るときのように、好ましかった。

あるときには、彼女の手がうまく動いて、あっという間に生ごみの一部を摑むこともあれば、別のときには、何でもいいから食べるものを求めて指が伸びるばかりで、叩いたり、探したりするだけの場合もあった。小さなヒトデのような——ぼくと同じように、左利きだった。ぼくはアライグマがもっと選り好みをしながら、ごみ入れの缶を漁っているのを見たことがある。彼女は選り好みをしなかった。金属やガラス、または紙でなければ、どんなものでも彼女にとっては食べ物だった。彼女はお腹に入れるものを見つけるのに、眼には頼らず、指先だけに頼っている。Kレーション（第二次大戦中の米軍の非常食）の残りかす、ママが愛をこめて送ってくれた、ぼろぼろに割れるブラウニーや、クッキーや、果物でいっぱいの小包からの残り物。いまでは柔らかくなり、腐って黒ずんだオレンジが、ちょうど彼女の指が届かないところにある。彼女がそれを求めて手探りする。交替の歩哨がやってきて、彼女の手を見、ほほえみながら首を横に振る。彼が近づいていくと、彼女は立ち上がり、大急ぎの、自動的にさえ見える身振りをして朝鮮語で何か言う。「ヤム、ヤム（うまい、美味しいの意）」というふうに聞こえる。

彼女は微笑し、兵士の股に手を伸ばし、そこに触れる。その仕草が兵士を驚かす。ヤム、ヤムだって？　ぼくが彼女の手から顔へ目を移し、二本の歯が欠け、黒髪が熱意のこもった眼の上に垂れているのを見た瞬間、歩哨が彼女を撃ち倒す。手だけがごみのなかに残って、宝物を摑んでいる。斑点ができて、腐りかけたオレンジを。

あの国でぼくが出会った市民は一人残らず、自分の子供を守るためなら喜んで死ぬ（実際に死んだ）。親たちはためらいもせず、子供たちの前に身を投げ出すのだ。それでもなお、何人かの腐り切った輩がいて、ふつうの若い娼婦では満足せず、子供たちの売り買いに手を出すのだ。

いま思い返してみると、その歩哨は嫌悪以上のものを感じていたのだと思う。彼はそそられ、その感じのために殺さなければならなかったのだ、と思う。

ヤム、ヤム。

10

〈ジョージアン〉（高速鉄道の列車名）は、カントリー産のハムにレッド・グレイヴィーをかけた朝食を自慢する。フランクは汽車の座席を予約するため、早く駅に着いた。彼が切符係の女性に二十ドル紙幣を渡すと、三セントのお釣りをくれた。午後の三時三十分に、彼は汽車に乗りこみ、リクライニング・シートに落ち着いた。汽車が駅から出発するまでの三十分間、フランクはつねに目の前で踊ろうと待ち構えている心に取り憑いたイメージを解き放った。

腕に抱いたマイクは、再びのた打ち、痙攣し、その間フランクは、彼に向かって大声で「しっかりしろ、マイク。元気を出せ。おれといっしょに生きるんだ」と叫び続けた。それから「お願いだ、頼むよ」とささやいた。マイクが何か言おうと口を開いたとき、フランクは近々とかがみこみ、友達がこう言うのを聞いた。「スマート、スマート。ママに言うなよ」のちにスタッフが、彼はなんと言ったのかと訊いたとき、フランクは嘘をついた。「〝あのくそ野郎どもをやっちまえ〟って言ったよ」と。医療班が到着したときには、マイクのズボンに滲み出た尿は凍っており、フランクは友達の遺体から爆弾兵と同じほど攻撃的な二羽のクロムクドリを叩き払わねばならなかった。この経験が彼を変えた。彼の腕のなかで死んだ者が、彼の子供時代にグロテスクな生命を与えることになった。彼らはロータスの少年たちで、トイレの使い方を教わる前からお互いを知っていた。そして、他所者の信じがたい悪意を信じないまま、同じようにテキサス州へ逃げ出した。子供のとき、彼らは迷い出た雌牛を追いかけ、森のなかに球技場を作り、ラッキー・ストライクを分けあって喫い、いじったり、くすくす笑ったりして、少しずつセックスを学んだ。十代の少年のとき、彼らは美容師のミセス・Kを利用し、ミセス・Kは気分しだいで彼らの性の技術を磨く手助けをしてくれた。彼らは口論し、喧嘩をし、笑い、嘲り、言葉にする必要はなかったが、お互いに愛しあっていた。

　フランクは以前勇敢ではなかった。言われたことをやり、必要なことをやったにすぎない。殺しをやったあとでは、神経質になりさえした。いまでは無鉄砲になり、狂気じみてきて、撃ちまくり、ばらばらになった人間の切れ端を避けて歩く。F51がその荷物を敵の巣の上に落とすまでは、懇願や助けを求める叫び声をはっきり聞いたことはなかった。爆風のあとの静寂《しじま》のなかに、懇願する声が漂ってくる。この先、血に浸る運命が待ち構えているのを嗅ぎ取って、滑降斜面路《シュート》の上で家畜たちが上げる安っぽいチェロの音のように。いまや、マイクが死んでしまったので、勇敢という言葉の意味がどういうことであろうと関わりなく、彼は勇敢になった。この世に東洋人や中国人の死者がどれほどできようと彼は満足しなかった。金物臭い血の匂いは、もはや彼に吐き気を覚えさせず、かえって食欲を増した。何週間もあとになって、レッドが粉砕され、スタッフの血が吹き飛ばされた腕から滲み出てきた。フランクは二十フィート離れた雪のなかに半分埋まっていた腕をスタッフが探し出す手助けをした。この二人、スタッフとレッドは、ことのほか親しかった。レッドのニックネームから「ネック」（レッドネックには南部の田舎者の意味あり）が落ちたのは、彼がフランクたち以上に北部の人間を憎んでいて、三人のジョージア出身の男の子たち――とりわけ、スタッフ――と付き合うのを好んだからだ。いまや、彼らはみんな肉片になった。

フランクは砲火が退いていくのにも気づかず、医療班が去って、埋葬係が到着するまで待った。レッドの遺体はあまりにも少量しかなかったので担架一台を占められず、彼の遺体は他の兵士の遺体といっしょに載せられた。だが、スタッフは一台の担架を独り占めして、切断された腕を繋がっていた腕に抱いて担架の上に横たわり、苦悶が脳に達する前に死んだ。

のちに、何カ月もの間、フランクはずっと「だが、おれは彼らを知っている。おれは彼らを知っており、彼らはおれを知っている」と考え続けた。マイクの気に入りそうなジョークを耳にすると、彼は頭をめぐらせて、それを告げようとする――それから、ほんの一瞬、きまりの悪い思いをして、マイクがもういないことを実感するのだった。それに、二度と再びあの大声の笑いを聞くことはないし、彼が好色なジョークや映画俳優の物真似で兵舎中を楽しませるのを見ることはない。除隊してからずっとあとになっても、ときどき彼は、車の行き交う通りに停まっている車のなかにスタッフの横顔を見て、悲しみに心臓が止まる思いがして、間違いに気づくことがあった。突然、制御できない記憶が、彼の眼を涙で光らせることもある。何カ月もの間、アルコールだけが彼の親友たち、もうその声を聞くこともなければ、話しかけることもできず、いっしょに笑うこともない、さまよう死者の影を追い散らしてくれたのだった。

だが、それより前、同郷の友達が死ぬ前、彼は別の死を目撃した。歩哨がその頭を吹き飛ばす前に、オレンジを摑んでほほえみ、それから「ヤム、ヤム」と言った、あのごみ漁りの子供を。

アトランタ行きの汽車のなかにすわって、フランクは突然、これらの想い出は強力ではあっても、もう彼を押しつぶしたり、体が麻痺するほどの絶望に陥れることはない、ということに気づいた。心の安定を得るためのアルコールを求めなくても、あらゆる詳細、あらゆる悲しみを思い起こすことができた。これは、節酒の賜だろうか。

夜が明けてすぐ、チャタヌーガを出たところで、汽車は速度を落とし、はっきりした理由もなく停車した。まもなく何かの修理が必要になったので、一時間か、ひょっとしたらそれ以上かかるかもしれない、ということが明らかになった。数人の乗客が呻いたが、他の乗客たちは、車掌の指示を無視し、この好機を利用して足を伸ばそうと外に出た。寝台車の乗客たちは目を覚まして、コーヒーをくれと呼ばわった。特別客車の客たちは、食べ物とさらなる酒を注文した。汽車が停まった場所の線路の一部はピーナッツ畑に沿って走っていたが、二、三百ヤード彼方に飼料店の看板が見える。フランクは落ち着かなかったが、いらだってはおらず、飼料店までぶらぶら歩いていった。その時間、飼料店は閉まっていたが、隣に小さな店が開いていて、サイダー、ワンダーブレッド、煙草、地方の人々がほしがる他の産物を売っていた。ビング・クロスビーの「ドント・フェンス・ミー・イン」が、ラジオの受信状態が悪くて、パチパチいいながら流れている。カウンターの後ろにいた女性は車椅子に乗っていたが、ハチドリのようにすばやく、フリーザーのほうに滑っていって、フランクが注文したドクターペッパー（炭酸飲料の類）の缶を取ってきた。彼が支払いをして、彼女にウィンクしたところ、お返しににらみつけられた。それから、彼はそれを飲むため外に出た。朝方の太陽が灼けつくように照りつけていたが、影を投げるとか、木蔭を作るような木々のたぐいはなく、飼料店と隣の店、道路を隔てた向かい側の壊れてよろめきかけた家があるだけだ。陽光のなかにピカピカ光る新車のキャデラックが、正面に駐車していた。フランクは車を愛でようと、通りを横切った。テールライトは、鮫のひれのように銀色だった。風防ガラスは、フードの上に幅広く伸びている。彼が近づくと、人声——女たちの声——が聞こえた。家の後ろから、罵ったりうなったりする声が聞こえてきたので、彼はどこかの攻撃的な男が力を誇示しているのだろうと思いながら、キーキー声のほうへ脇道を下っていった。だが、地面で戦っているのは、二人の女だった。地面の上をころがり、パンチを繰り出し、空を蹴り、二人は泥のなかで殴りあっている。髪も服も無残な有様だ。フランクが驚いたのは、一人の男が近くに立っていて、爪楊枝を使いながら見物していることだった。フランクが近づくと、男が振り向く。彼は退屈したような、活気のない眼をした大男だった。

「いったい何を眺めてんだよ?」男は爪楊枝をくわえたままだ。

フランクはぎょっとした。大男はすぐさまフランクのところに来て、胸を突いた。二度。フランクはドクターペッパーの缶を落として、力いっぱい男を横ざまに殴った。男は多くの本物の大男によくあるように敏捷さを欠いていたので、即座に倒れた。フランクは倒れた体の上に飛び乗り、爪楊枝を喉に叩きこんでやりたいと熱望して、男の顔を殴りはじめた。殴るたびに湧いてくるぞくぞくする感じは、驚くほどなじみ深いものだった。止められず、止めたいとも思わず、大男の意識がなくなっても、なお殴り続けた。すると、女たちが摑み合いを止めて、フランクの衿をぐいと引いた。

「止めて！」と二人が金切り声で叫んだ。「あんた、彼を殺してしまうじゃないか。この下司野郎、彼から降りろ！」

フランクは手を止め、大男の救助者を眺めた。一人はかがみこんで、男の頭を抱き、もう一人は自分の鼻から血を拭き取り、大男の名前を呼んだ。「サニー、サニー。ああ、ハニー」それから膝をつき、彼女のヒモを生き返らせようとした。彼女のブラウスは、後ろが大きく引き裂かれている。派手な黄色だった。

フランクは立ち上がり、指の関節をマッサージしながら、急いで立ち去った。半分走り、半分大股に歩いて、汽車に戻った。彼は修理班の人々から無視されたか、見られなかったかのどちらかだった。客車部分のドアから入ると、ポーターが彼の血に汚れた手と、泥まみれの服をじろりと見たが、何も言わなかった。幸いなことに、トイレが入り口の近くだったので、フランクは息を整え、顔と手を洗ってから、通路を歩いていった。ひとたび座席に腰を下ろすと、彼は先程の興奮と、喧嘩のおかげで味わった荒々しい悦びを、不思議なものに思った。それは、朝鮮での殺しにつきまとった怒りとは別物だった。朝鮮での戦闘は恐ろしいものだったが、頭は使わず、匿名だった。だが、この暴力が呼び起こした悦びは個人的なものだった。いいさ、と彼は考えた。妹を取り戻すには、このぞくぞくする感覚が必要なのかもしれない、と。

11

彼女の眼。鈍い、待っている、いつも待っている眼。忍耐強いわけではなく、望みを持っていないわけでもない。宙吊りになっているのだ。シー。イシドラ。ぼくの妹。いまでは、ぼくの唯一の家族。あなたはこれを書き下ろすとき、このことはわかってほしい。彼女はぼくの人生の大半を通じて、影だった、それ自身の不在を、あるいはぼく自身の不在を特徴づける存在だったということを。彼女――哀しげな待つ眼をした、あの栄養不良の女の子――がいなかったら、ぼくはいったい誰なのか？　ぼくたちがあのシャベルから隠れていたとき、彼女はなんと震えていたことか。ぼくは彼女の顔、彼女の眼を覆った。墓から突き出ていた足を、彼女が見なかったことを願いながら。

手紙には「彼女は死んでますよ」と書いてあった。ぼくはマイクをシェルターまで引きずっていって鳥を近づけまいと必死で努力したが、その甲斐もなく彼は死んだ。ぼくは彼をしっかり抱きしめ、一時間彼に話しかけ続けた。だが、いずれにしても、彼は死んだ。ぼくはスタッフの腕があったはずのところから滲み出てくる血を、ついに止めた。ぼくは二十フィートばかり離れたところで彼の腕を見つけて、医者たちが元の場所に縫いつけることができるときのために彼のそばに置いた。とにかく彼も死んだ。ぼくが救えなかった人々はもうたくさんだ。親しい人間が死ぬのを見守ることは、もうたくさん。これ以上はいやだ。

妹は死なせない。ぜったいに。

妹は、ぼくが責任を負ったことのある最初の人間だった。彼女の心の奥底には、ぼく自身の秘密の姿が生きていた――あの馬たちと見知らぬ人間の埋葬についての記憶に結びついた、強くて善良な自分が。彼女を守り、背の高い草の茂みを抜ける、あの場所からの出口を見つけ、どんなもの――蛇とか野蛮な老人――をも恐れないぼく。それに成功したことが、残りのすべてについての埋もれた種になったのだろうかと思う。小さな少年のぼくの心のなかでは、ぼくは英雄になったような気がしていた。そして、彼らがぼくたちを見つけたり、彼女に触れたりしたら、ぼくは殺すだろうということがわかっていた。

12

フランクはウォルナット街の駅から通りを横切って、オーバーン街を歩いていった。美容師、即席料理のコック、テルマという女性――ついに彼は、郊外のシーの仕事先まで連れて行ってくれそうな車の型と、無免許のタクシー運転手の名前を手に入れた。チャタヌーガ付近での列車の遅延のおかげで、遅くなって到着した彼は、オーバーン街を行ったり来たりして情報を集めながら、その日の残りを過ごした。いまでは遅すぎた。そのタクシーの運転手は、翌朝早い時間まで持ち場につかないだろう。フランクはまず食べるものを手に入れ、しばらく歩きまわってから、寝る場所を見つけようと心に決めた。

夕暮までぶらぶら歩き、ロイヤル・ホテルに行こうとしていたとき、何人かの若いギャングの卵が彼に襲いかかった。

彼はアトランタが気に入った。シカゴとは違い、ここでは毎日の生活のテンポが人間的だった。この都市には明らかに時間があった。自分の思い通りに紙巻き煙草を巻く時間、ダイヤモンドの磨き工の目で野菜を点検する時間。それから、老人たちが店の玄関口の外に集まって、自分たちの夢――犯罪者たちの豪華な車や、女たちの揺れるヒップ――が通り過ぎるのを眺めるより他には、何もしない時間。また、百もの教会の座席で、お互いにいろんなことを教えあい、お互いのために祈り、子供たちを懲らしめるための時間。彼が用心を怠ったのは、街に対するこの気のまぎれる愛情のためだった。彼には多くの悲しい思い出があったが、この二日間、亡霊も悪夢も訪れてはこなかった。そして彼は、かつてのようにウイスキーが与えてくれる朝の気付け薬ではなく、朝のブラック・コーヒーが飲みたくてたまらなくなっていた。そういうわけで、朝になればもぐりのタクシーを捕まえることができそうだったので、夜はホテルへ行く途中、風景を眺めながら、のんびり通りを歩いていった。彼が白昼夢を見る代わりに油断なく警戒していたら、あのマリファナ煙草とガソリンの匂い、すばやいスニーカーの足取りや、ギャングの息づかい――グループとしての勇敢さに頼っているおびえた子供たちの匂い――に気づいたはずだ。軍隊的ではなく子供の遊び場的な匂い。小路の入り口だった。

だが、彼はそういう空気を感じとらなかった。そして、五人の卑劣漢のうちの二人が、後ろから彼の両腕を摑んだ。フランクは一方の足を使って一人の足を踏みつけ、その少年が悲鳴を上げながら倒れてできた空間でくるりと向き直り、肘でもう一人のあごを打ち砕いた。そのとき、残り三人のうちの一人が彼の頭にパイプを打ち下ろした。フランクは倒れ、痛みで朦朧とした意識のなかで、体を探られたあと、片足を引きずりながら走り去る足音を聞いた。彼は通りのほうに這い出て、視界がはっきりしてくるまで暗闇のなかで壁に寄りかかって、すわっていた。

「手助けが要るかい？」街灯の光で縁取られた男のシルエットが、彼の前に立っている。

「何だって？　ああ」

「さあ」男は手を出して、フランクが立ち上がるのを助けてくれた。

まだふらふらしていたが、フランクはポケットをさぐって、ののしった。「くそっ」彼らがフランクの財布を盗んでいったからだ。顔をしかめながら、彼は頭の後ろをこすった。

「警察を呼んでほしいかい、それとも？」

「いや、とんでもない。つまり、呼んでほしくはないが、ありがとう」

「じゃあ、これを取れよ」男は二枚のドル紙幣をフランクの上着のポケットに突っこんだ。

「ありがとう。しかし、要らない……」

「遠慮するな、兄弟。明るいところを離れるなよ」

のちに、終夜営業の食堂にすわって、フランクは善きサマリア人の長いポニーテイルが街灯の光を受けていたのを思い出した。ホテルで夜の安らかな眠りを得る望みは捨てた。神経が張り詰め、ジンジン鳴っていたので、彼はブラック・コーヒーと卵料理の皿をもてあそびながら、できうるかぎり長くそこに留まっていることにした。事態はうまく行っていなかった。車さえあればよかったのだが、リリーはそんな頼みなんて聞いてくれないだろう。彼女には他の計画があったのだ。卵をつつきながら、彼の想いは、いまリリーは何を考え、何をしているのだろうか、ということに向かっていった。彼女は彼が出て行って安堵しているように見えた。真実を述べるとしたら、彼もまた安堵したのだった。彼はいま、彼女に対する自分の執着は、アスピリンを飲むような治療的なものだったことを確信した。彼女がそれを知っていたかどうかは別にして、リリーは能率よく彼の不調と怒りと恥辱を癒してくれた。その癒しのおかげで、もう感情的な破綻は存在しないことを彼は納得した。実のところ、治る時期になっていたのかもしれない。

疲れて不安になったフランクは、食堂を出て、目的もなく、通りをさまよっていたが、突然、トランペットの鋭い音を聞いて立ち止まった。その音は、半開きのドアに通じる短い階段の下のほうから出ていた。鑑賞力のありそうな声がトランペットの悲鳴を強調している。そのときのフランクの気分にぴったりするものがあるとすれば、まさにその音だった。フランクはなかに入った。どちらかと言えば、彼はブルースや人を幸せにするラヴ・ソングよりビーバップのほうが好きだった。広島のあとでは、トルーマンの爆弾がすべてを変えてしまったことを誰よりも早く理解したのは音楽家たちであり、スキャットとビーバップだけがそれを表現することができたのだ。煙草の煙が立ち籠めた小さな部屋のなかでは、十数人の非常に熱心な人々が、三人組、つまりトランペットとピアノとドラム、に向き合っていた。曲は長々と続き、二、三人が頭でうなずく以外、誰も動かない。煙が上方を漂い、時計が刻む時間が流れていく。ピアニストの顔は、トランペット吹きの顔と同じように、汗で光っている。だが、ドラマーは汗をかいてはいない。その音楽に終わりがないのは明らかだった。曲が中断するのは、演奏者がついに疲労困憊したとき、トランペット奏者がトランペットを口から離したとき、ピアニストが最後の部分を弾く前に、鍵盤を指でさっと一撫でするときだけだった。しかし、そういう段になったとき、つまりピアニストとトランペット奏者が終わりにしても、ドラマーはそうしなかった。彼は延々と演奏し続けた。しばらくして仲間の音楽家たちが振り向いて彼を見ると、前にも見たことがあるにちがいない光景が目に入った。ドラマーは自制が利かなくなっていて、リズムが支配していたのだ。長い時間が経ったあとピアニストが立ち上がり、トランペット奏者は楽器を下に置いた。二人はドラマーを座席から抱え上げて連れ去ったが、彼のスティックは複雑な黙せる曲を叩き出そうと、まだ動いていた。聴衆は尊敬の念と同情を表わして、拍手した。拍手に続いて、派手な青いドレスを着た女性と、もう一人のピアニストがステージに登場した。彼女は「スカイラーク」の数小節を歌ってから、突然スキャットに変え、それが全員を大喜びさせた。

会場が空になったとき、フランクはそこを出た。もう朝の四時になっていたが、もぐりタクシーが持ち場に就くまでには、まだ二時間ある。頭痛はやや治まっていた。彼は道路の縁石にすわって待ったが、タクシーはついに来なかった。

車もなく、タクシーもなく、友達もいなければ、情報も、計画もない――これらの地区で都市から郊外に行く交通手段を見つけるのは戦場より難しかった。七時半になったとき、彼は口を利かない昼間の労働者や、主婦や、メイドや、大人の黒人の庭師たちでいっぱいのバスに乗りこんだ。ひとたび街のビジネス地区から外れると、乗客は一人ずつバスを降りていった。下の汚染地帯からはずっと離れた上方の気をそそる青い水のなかに、いやいや飛びこむダイバーたちのように。ダイバーたちは下にもぐって、瓦礫の破片や屑を捜し出し、礁に補給し、レースのような葉状体を抜けて泳ぐ捕食者たちを避けるだろう。彼らは掃除をし、料理をし、給仕して、気を配り、洗濯をして、雑草を取り、芝生を刈るだろう。

目指す通りの標識を探して外を眺めている間、暴力を振るわねばならないという思いと、用心しなければという思いが、交互にフランクの心に押し寄せた。シーのいる場所に着いたら何をすればよいか、彼には全然何の考えもなかった。おそらくドラマーの場合と同じように、リズムがその場を支配するだろう。おそらく彼もまた、どうしようもなく腕を振りまわしながら連れ出され、独りで切歯扼腕するしか仕方がなくなるかもしれない。誰も家にいなかったら押し込みをやらねばならなくなるだろう。いや。いろんな物事が手に負えなくなって、シーの身に危険が及ぶようなことは慎まなければならない。かりに――だが、よく知らない場所での成り行きを想像してみても何の役にも立たない。目指す通りの標識が目に入ったときには、もう降車のコードを引くには遅すぎた。ボールガード・スコット家の芝生の上に医学博士の表札が立っているところまで数ブロック引き返す間に、彼の気持ちは落ち着いてきた。階段に近いところにハナミズキの木が花をつけており、その花は真ん中が紫色で、周りは雪のように白い。彼は玄関のドアをノックしようか、裏口に回ろうかと考えた。用心するには裏口のほうがいいだろう。

「彼女はどこだ?」

台所のドアを開けてくれた女は、彼に質問はしなかった。「階下よ」と彼女は言った。

「あなたはサラ?」

「そうよ。できるだけ静かにして」彼女は、医者の事務室とシーの部屋に続く階段のほうにうなずいてみせた。

フランクが階段の下に着いたとき、開いたドアから大きな机の前にすわっている小柄な白髪の男が見えた。男が目を上げた。

「なんだ？　きみは誰だ？」見知らぬ人間に侵入されたという侮辱に、彼の眼は大きく見開かれ、次いで細くなった。「ここから出て行け！　サラ！　サラ？」

フランクは机に近寄った。

「ここには盗むものは何もないぞ！　サラ！」医者は電話のほうに手を伸ばした。「警察を呼ぶからな。いますぐ！」彼の人差し指がダイヤル盤のゼロの上にかかったとき、フランクは彼の手から電話機を叩き落とした。

この脅しの性質を完全によく知っていたので、医者は机の引き出しを開けて、ピストルを取り出した。

三十八口径だ、とフランクは考えた。すっきりしていて軽い。だが、それを持った手は震えている。

医者はピストルを持ち上げ、恐怖に満ちた心のなかで、野蛮人のあぐらをかいた鼻孔、泡をふいた唇、縁が赤くなった眼があるにちがいないと思っていたところに銃口を向けた。だが、その代わりに彼が目にしたのは、ばかにはできない男の、静かで、落ち着いた顔だった。

彼は引き金を引いた。

空っぽの（銃の）薬室のカチッという音は小さかったが、雷のように響いた。医者はピストルを取り落とし、机の周囲をまわって闖入者のそばを走り抜け、階段を登った。「サラ！」と彼は叫んだ。「おい！　警察を呼べ。お前がこいつをなかに入れたのか？」

ボー博士は、小さなテーブルの上にもう一台の電話機が載っているところまで廊下を走っていった。電話の隣にサラが立っていたが、その手は電話機をしっかり押さえつけている。彼女の意図は取り違えようがなかった。

その間にフランクは、白い制服を着た妹が静かに小さく横たわっている部屋に入っていった。眠っているのか？　彼は脈を診た。かすかなのか、ないのか？　息をしているのか、いないのか聞こうと、彼はかがみこんだ。彼女は触れると冷たかったが、死んだすぐあとの温かみはない。フランクは死を知っていた。まだ、これは死ではない。急いで小さな部屋を見回し、白い靴と、おまると、シーの財布に目を留めた。彼は財布のなかをかき回し、そこにあった何枚かの二十ドル紙幣をポケットに突っこんだ。それから、シーのベッドのそばにひざまずき、彼女の肩と膝の下に腕を差し入れ、彼女を抱いて、階段を運びあげた。

サラと医者は立ったまま、理解しがたい表情を浮かべてこちらを凝視している。フランクがじっと動かない荷物を抱えて彼らの周囲を通り過ぎるとき、ボー博士が向けた眼差しには、怒りに彩られた安堵の表情があった。盗みではない。暴力もない。害もなし。簡単に補充できる使用人の誘拐にすぎない。ただ、妻をよく知っているので、サラをくびにする勇気はない――とにかく、いまのところは。

「出すぎるなよ」と医者はサラに言った。

「もちろんです」とサラは答えたが、彼女の手は電話機を押さえたままだった。ついに、医者は階段を降りて、事務室に入っていった。

ひとたび手探りで玄関から外に出て歩道まで来ると、フランクは振り返って、その家を見た。すると、ハナミズキの花の蔭になった戸口にサラが立っているのが見えた。彼女は手を振った。さよなら――彼と、シーに対して。あるいはたぶん、いまの職に対して。

サラはしばらくそこに立って、二人が歩道を下って消えていくのを眺めていた。一日遅かったらたしかに取り返しがつかなくなっていただろうと思いながら。「よかった」と彼女は小声で言った。彼女はボー博士を責めるのとほとんど同じほど自分を責めていた。博士は注射を打ち、患者たちに自分が作った薬を飲ませ、ときどき社交界の夫人たちに中絶手術を行なっていることを、彼女は知っていた。そうしたことは全然気にならなかったし、警戒してもいなかった。彼女が知らなかったのは、博士が子宮一般についてひとかたならぬ興味を抱き、ますます深く子宮のなかをのぞける器械を作り上げたことだった。検鏡を改良したのだ。しかし、シーの体重が減り、疲れがひどく、その上、生理がどんなに長く続いているかに気づいたとき、彼女は恐怖に駆られて、シーが住所を持っていた唯一の親戚に手紙を書いたのだった。何日かが過ぎた。サラは自分が書いた恐怖を伝える手紙を相手が受け取ったのかどうかはわからなかったので、心を鬼にして医者に救急車を呼ばねばならないと進言するつもりだった。ちょうどそのとき、兄が台所のドアをノックしたのだった。ああ、ありがたや。まさに老人たちが言う通りに。神様を呼んだり、来てもらいたがったりしたときではなく、神様が必要で、ちょうどいい場合に来てくれたときに言うように。あの娘が死ぬとしたら、医者の家でのわたしの庇護のもとではなく、兄の腕のなかになるだろう、と彼女は考えた。

サラがドアを閉めると、暑熱のなかで萎れていたハナミズキの花がはらはらと散った。

フランクはシーを立たせ、彼女の右腕を自分の首に巻いた。彼女の頭は彼の肩の上にあり、足は歩く真似さえできない有様だ。彼女は羽のように軽い。フランクはバス停までたどりつき、永遠のように感じられる間、待った。そして、ほとんどすべての家の裏庭にある果樹――ナシ、サクランボ、リンゴ、イチジク――の数を数えて、時間をつぶした。

街に帰るバスには、ほんの一握りの乗客しかいなかった。彼は後部座席に押しやられる形になって、ほっとした。そこにはベンチ型座席の上に二人がすわれるほどの空間があり、一人の男が見るからに疲れきった酔っ払いの女を抱きかかえたり、引きずったりしている光景を、乗客の目から隠してくれるからだった。

バスを降りると、免許証を持ったタクシーの客待ちの列から離れたところに駐車しているもぐりのタクシーを見つけるのにしばらく時間がかかり、ひょっとすると後ろの座席を汚すかもしれない客を乗せるよう、運転手を説得するのにさらに多くの時間がかかった。

「彼女は死んでるのか?」

「運転しろ」

「運転するのは、おれだよ、兄弟。だが、刑務所に行かなくちゃならねえのかどうか、知る必要があるのさ」

「運転しろ、って言ってるんだ」

「どこに行くんだね?」

「ロータス。五十四号線を二十マイル行ったところだ」

「金がかかるぜ」

「金のことは心配するな」しかし、フランクは心配していた。シーは生命の終わりに近づいているように見える。彼の恐怖には、救出がもたらした深い満足感が混ざっていた。救出に成功したばかりでなく、どこからどこまでも非暴力的だったことに対する満足感。それは単に「妹を家に連れて帰ってもいいでしょうか」と言うに等しかった。しかし、彼が部屋に入っていくやいなや、医者は脅威を覚えていた。とはいえ、望みの物を手に入れるため敵を殴り倒す必要がなかったことは、どういうわけか、そう、最上級の利口な措置に思えてならなかった。

「彼女はあんまり具合がよさそうには見えねえな」と運転手が言った。

「おい、前方をちゃんと見ろよ。前方の道は、おめえのミラーには映ってないぜ」

「ちゃんと見てるじゃないか。制限速度が五十五マイルなんだよ。おまわりとトラブルを起こしたくねえからな」

「へらず口をたたくな。おまわりのほうがましだと思うような目にあわせてやるぜ」フランクの声は厳しかったが、耳はサイレンの叫びが聞こえはせぬかとそばだてられていた。

「彼女はおれの座席に血を流してるのか？　後部座席を汚したら、割増金を払ってもらうぞ」

「もう一言言ってみろ。たった一言でもだ。そうすりゃ、びた一文支払わないからな」

運転手はラジオをつけた。すると、悦びと幸福でいっぱいのロイド・プライスが、「ローディ・ミス・クローディ」を歌っていた。

意識のないシーはときどき呻いていたが、いま肌は触れると熱く、死人のように重くなっていたので、フランクは料金を払おうとポケットを探るのに苦労した。タクシーのドアが閉まるやいなや、運転手はできうるかぎり早く、ロータスと、頭のおかしい田舎者の南京虫野郎からできうるかぎり遠くへ逃げようとしたので、タイヤの後ろから埃と小石が舞いあがった。

ミス・エセル・フォーダムの家までの狭い道を両方の足の先が引きずられていく間、シーの足指が砂利をさーっと撫でていく。フランクは再びシーを抱え上げ、両腕にしっかり抱いて、ポーチの階段を登っていった。子供たちのグループが裏庭に面した道に立っており、一人の少女がプロのようにパドルボールを打つのを眺めている。彼らは視線を男とその重荷のほうに移した。女の子の隣に寝そべっていた美しい黒犬が立ち上がり、子供たちより目の前の情景のほうにずっと多くの興味を感じたような表情を見せた。彼らがミス・エセルの家のポーチの上の男女を見つめている間、その口は大きく開いていた。一人の少年が白い制服を汚している血を指差して、くすくす笑った。すると、女の子がパドルでその子の頭を叩き、「お黙り！」と言った。彼女は男を見て、昔むかし子犬のために首輪を作ってくれた人だと気づいた。

椅子のそばには、青いサヤエンドウを入れたペック籠があった。小さなテーブルの上には、ボウルと皮剝きナイフが置いてある。網戸越しにフランクは「主よ、みもとに近づかん……」の歌声を聞いた。

「ミス・エセル？　いらっしゃいますか？」とフランクは叫んだ。「ぼくです。スマート・マネーですよ。ミス・エセル？」

歌声が止んで、エセル・フォーダムが網戸から外を透かし見た。彼ではなく、彼の腕のなかのほっそりした姿を。彼女は顔をしかめた。「イシドラ？　ああ、なんてこと」

フランクは説明することはできず、説明しようともしなかった。彼はミス・エセルがシーをベッドに寝かせる手伝いをした。そのあと彼女は、外で待て、と彼に言った。彼女はシーの制服をめくりあげて、両脚を開いた。

「神様、お恵みを」と彼女はささやいた。「すごい熱だわ」それから、そこでぐずぐずしている兄に向かって、「行って、あのサヤエンドウを剥いておくれ、スマート・マネー。わたしにはする仕事があるんだから」

13

とても明るかった。彼が覚えているよりずっと明るかった。太陽は空から青を吸い取ったあと、まだ白い空にたゆたい、ロータスをおびやかし、その風景をなぶっていたが、この町を沈黙させようとして果たさず、たえず失敗に失敗を重ねていた。子供たちはいまだに笑い、走り、ゲームのなかで叫んでいる。女たちは物干し綱に濡れたシーツを洗濯ばさみで留める間も裏庭で歌っていたし、ときどきソプラノに隣家のアルトが加わったり、通りがかりのテノールが加わったりする。「わたしを水辺に連れてって。わたしを水辺に連れてって。わたしを水辺に連れてって。洗礼を受けるから」フランクは一九四九年以来、この未舗装の道に来たことはなかったし、雨が洗い流した場所を覆う木の板の上に上がったこともなかった。歩道はなかったが、どの家の前庭にも裏庭にも、野菜を病気や害虫から守る花が植わっていた――マリゴールド、キンレンカ、ダリア。深紅、紫、ピンク、チャイナ・ブルー。これらの木々は、いつもこれほど深い濃緑だっただろうか。太陽は力のかぎり、広く枝を張った老木のもとでの至福の平和を燃やし尽くし、力のかぎり、自分を貶めたり、破滅させたりしようとはゆめゆめ思っていない人々と交わる悦びを破壊した。だが、いかにしゃかりきになろうと、黄色い蝶を灼いて深紅のバラから引き離すことはできないし、小鳥の息を詰まらせて歌を止めることはできない。太陽の罰するような熱は、トラックの荷台にすわったミスター・フラーとその甥の邪魔をすることはできない――少年はハモニカを、男は六弦のバンジョーを弾いている。甥の裸足の脚はぶらぶらと揺れ、叔父の左のブーツがビートのリズムを叩き出している。色彩と沈黙と音楽が、彼を包みこんだ。

安全と善意のこの感じは誇張されていると彼にはわかっていたが、それを味わっていることは現実の現象だった。彼はどこか近いところの裏庭の焼き網で、ポークのあばら肉がジュウジュウ音を立てて焼けており、家のなかにはポテトサラダやコールスローがあり、早成りのサヤエンドウもあることを確信していた。冷蔵庫のいちばん上の棚には、パウンドケーキが冷やされている。それからまた、人々がレッチド川と呼んでいる川のほとりでは、男物の麦藁帽子をかぶった女が釣りをしていることもたしかだった。日蔭で心地よく休みたくなれば、彼女はあの月桂樹、双の腕のように枝を広げているあの木の下にすわるだろう。

彼はロータスを越えたところにある棉畑に着いたとき、意地悪な太陽の下で、何エーカーにもわたってピンクの花が広がっているのを見た。やがて、それらの花は赤くなり、二、三日のちには地に落ち、若い莢をはじけさす。農場主は取り入れの準備をするための人手が必要になるので、フランクはその行列に並び、収穫の時期になると、再びそのための行列に並んだ。すべての重労働と同じように、棉摘みは体を壊すが、精神を解放して、復讐の夢や不法な快楽のイメージを見させるのだ——野心的な逃亡計画の夢さえ。これらの大きな考えのなかに、小さな考えが入りこむ。赤ん坊には別の種類の薬がいいのか？　とても大きく腫れて靴に入らなくなった叔父の足は、どうすればいいのか。今回、家主は半分の家賃で満足するだろうか。

雇ってもらうのを待っている間、フランクの頭にあったのは、シーは快くなるのだろうか、悪くなるのだろうか、ということだけだった。アトランタの雇い主が彼女の体に何か——何をしたのか、彼は知らなかった——をして、彼女は下がろうとしない高熱と戦っているのだった。ミス・エセルが当てにしていたショウブの根は効かなかったことを、彼は知っていた。だが、彼が知っているのは、それだけだった。近所のすべての女性たちから、病室を訪ねることを阻止されていたからだ。あのジャッキーという女の子がいなかったら、彼は全然何一つ知らされなかっただろう。彼の男らしさが妹の状態を悪化させるとみんなが信じていることを、ジャッキーは教えてくれた。それからまた、女たちが交替でシーの看病をしているが、それぞれが治療についての違う処方を持っていることも教えてくれた。彼女たち全員が同意しているのは、彼を彼女のベッドのそばに近づけてはいけないということだった。

それを聞いて、どうしてミス・エセルが、彼女の家のポーチの上にさえ彼に来てもらいたがらないのか、そのわけがわかった。

「どこかに行きなさい」と彼女は彼に命令した。「わたしがあんたを呼びにやるまでは、近づくんじゃないよ」

フランクは、彼女が本気で怖がっているようだと思った。「妹を死なせるなよ」と彼は言った。「聞いてるのか？」

「あっちへお行き」彼女は手を振って、彼を追い払った。「あんたは彼女の役には立たないんだよ、ミスター・スマート・マネー。その邪な心の持ち方ではね。あっちへお行き、って言ったじゃないか」

そういうわけで、彼は父親が死んでからは空き家になっていた両親の家を掃除したり、修理したりして、忙しく働いた。靴に入れていた金の残りとシーの給料の残りを足すと、数カ月そこを再度借りるには十分だった。彼は料理用ストーヴに隣り合った穴のなかをかき回して、マッチ箱を見つけ出した。彼の常勝ビー玉の隣で、シーの二本の乳歯はひどく小さく見える。彼のビー玉は、明るいブルーの石と、真っ黒な石、それから、お気に入りの虹色の石だった。ブローバ社の時計も、まだそこにあった。竜頭もなければ、針もない——純粋で、誰でも好きなように解釈できる、ロータスでの時間の働き方をそのまま映していた。

花が落ちはじめると、すぐフランクは棉花の列の間を、農場支配人が事務所と呼んでいる小屋のほうへ進んでいった。昔はこの場所が大嫌いだった。休閑地のときに起こる埃の大暴風、アザミウマとの戦い、目がくらむような暑熱の日々が嫌いだった。少年の頃、両親が遠い生産農場で働いていた間、彼は屑のような仕事を割り当てられて、怒りで口がからからになった。それで、クビにしてもらおうと、できるかぎりメチャクチャな働き方をした。そして、クビになった。父親からきつく叱られたが、それはどうということはなかった。彼とシーは自由になって、世界がまだ新鮮だった頃の、制約のない無限の時間を費やすいろんな方法を考え出すことができたからだ。

どこかの傲慢で邪悪な医者が妹を切り刻んだせいで妹が死んだら、戦争の記憶も薄れるほどの仕返しを医者にしてやるつもりだった。たとえ生涯の残りの時間が必要になろうとも、人生の大半を刑務所で過ごすことになろうとも。流血はしないで敵を敗北させたにもかかわらず、妹の死を想像しながら、彼は他の棉摘み労働者と思いを一つにした。他の棉摘み労働者も、太陽に照らされながら甘美な復讐を思い描いていたからだ。

ミス・エセルがジャッキーを使いに寄越して、見舞いに来てもよいと彼に告げたのは六月の下旬で、シーが両親の家に移れるほど回復したのは七月に入ってからだった。

シーは変わった。けちな田舎の女性たちに囲まれて過ごした二カ月が、彼女を変えた。女たちは病気を、あたかも侮辱であり、鞭打つ必要のある不法なほら吹きの侵入者であるかのように扱った。彼女たちは同情で自分たちの時間、または患者の時間を浪費しなかったし、苦しむ人間の涙に対しては、あきらめきった軽蔑の表情を見せるだけだった。

まず出血。「膝を開きなさい。これは痛いわよ。お黙り。お黙り、って言ったでしょ」

次は感染。「これを飲みなさい。吐いたら、もっとたくさん飲まなきゃいけなくなるよ。だから吐かないで」

それから修復。「泣くのはお止め。熱いのは、治ってる証拠よ。静かにおし」

のちに、熱が引いて、彼女たちがシーのヴァギナに詰め込んだものを洗い出したとき、シーは自分の身に何が起こったのか、知っているわずかばかりの事実を彼女たちに話した。女たちのうち誰かが尋ねたわけではない。ひとたびシーが医者のところで働いていたことを知ると、彼女たちはぐるっと目を回し、歯を吸うだけで、軽蔑の気持ちをはっきり表わした。そして、シーの覚えていたこと――ボー博士が注射をして彼女を眠らせたあとで目覚めたとき、いかにいい気持ちだったか、いかに熱っぽく彼がこの検査の価値を評価していたか、いかに彼女は、そのあとに続いた出血と痛みは生理の問題だと信じこんでいたか――の何一つとして、医学産業についての彼女たちの考えを改めさせはしなかった。

「男の人は、汚水バケツを見たら、それとわかるのよ」

「あんたは、どこかのワルの医者の荷車を牽くラバじゃないんだよ」

「あんたは便所なの？　それとも女？」

「あんたは屑だって、いったい誰が言ったのさ？」

「彼が何をしようとしているか、どうしてわたしにわかるって言うの？」シーは自己防衛をしようとした。

「災いは前もって連絡してきちゃくれないんだよ。だから、あんたはぱっちり目を覚ましていなきゃいけないのさ。でなきゃ災いは、ずいっと入って来ちまうよ」

「でも……」

「でもも何もないよ。あんたはイエス様にふさわしいほどいい人なんだ。あんたが知る必要があるのは、それだけさ」

彼女が快くなるにつれて、女たちは戦術を変えて、叱責するのを止めた。いまや彼女たちは刺繍やクローセ編みを持ちこみ、ついにはエセル・フォーダムの家をキルト作りの中心地として使うようになった。新しい柔らかな毛布のほうが好きな人たちは無視して、彼女たちは、金持ちは大恐慌と呼び、彼女たちは人生と呼ぶ時代に、母親たちから教えられたことを実施した。出たり入ったりする女たちに囲まれ、彼女たちの話や歌に耳を傾け、彼女たちの指示に従うことよりほかには何もすることがなく、シーはこれまで払ったことのない注意を彼女たちに払うようになった。彼女たちは全然レノーアには似ていなかった。レノーアはセイレムにつらく当たり、いまでは軽い卒中に苦しんでいたので、まったく何もしない。シーの看護師たちはそれぞれ顔立ち、ドレス、話し方、食べ物や治療の好みなどははっきり違ってはいたものの、全体的な類似は目を見張るほどだった。彼女たちの庭には余分なものはない。すべてを分かちあっているからだ。彼女たちの家には屑や生ごみはない。あらゆる物を活用するからだ。彼女たちは自分たちの人生について責任を持ち、誰であろうと、どんなものであろうと、彼女たちを必要とする人や物に対して責任を持つ。常識の欠如は、彼女たちをいらだたせるが、驚かせはしない。怠惰は、彼女たちにとって耐えられないどころか、非人間的だった。人は畑にいようが、家のなかにいようが、あるいは自分の家の裏庭にいようが、忙しくしていなければならない。睡眠は夢を見るためのものではなく、次の日の活力を蓄えるためのものだ。人との会話は、さまざまな仕事のかたわらにするものだった。アイロンかけ、皮剝き、殻取り、選り分け、裁縫、繕い、洗濯、または子守りをしながら。年齢を学びとることはできないが、成年はすべての人に訪れる。追悼は心の救いにはなるが、神様を崇めるほうがよく、創造主にまみえたとき、浪費した人生の弁解をしなければならない羽目に陥りたくはなかった。神が各人に一つの質問をするだろうということを、彼女たちは知っていたからだ。「あなたはどんなことをしてきましたか」

シーは、エセル・フォーダムの息子の一人が北のデトロイトで殺されたことを覚えていた。メイリーン・ストーンは、片方の眼しか見えなかった。もう一方の眼は、製材所で木片が突き刺さったのだ。医者は来てくれなかったか、呼ばれなかったかのどちらかだ。ハナ・レイバーンとクローヴァー・リードは両人とも小児麻痺で片方の足が不自由だったが、兄弟や夫たちといっしょに、嵐で被害を受けた教会に木材を運んだ。ある種の悪は矯正のしようがないので、その抹殺については主に任せるしかないと彼女たちは信じていた。他の種類の悪は、軽減することができる。要点は、その違いを知ることだった。

シーの治療の最後の段階は、彼女にとって最悪だった。彼女は日光浴をしなければならなかった。ということは、一日に少なくとも一時間灼けつく太陽に向かって両脚を広げて過ごさなければならないのだった。その抱擁が子宮の病気の残滓を取りのぞいてくれるということに、全員が賛成した。シーは衝撃を受け、困惑して、拒否した。誰か、子供か、男性が、そんなふうに股を広げている彼女を見たらどうする？

「誰もあんたを見やしないよ」と彼女たちは言った。「そして、見たら？　それが、なんだって言うの？」

「あんたは、あんたのあそこがニュースになると思ってるの？」

「頭を悩ませるのはお止め」と、エセル・フォーダムが忠告した。「わたしが、あんたといっしょに外に出ているからね。大事なのは、永久的な治療を受けることよ。人間の力を超えた治療よ」

　そういうわけで、シーはきまりの悪さを抑えこみ、太陽の苛烈な光線の角度がその方向に向くとすぐ、エセルの裏の小さなポーチの端で、枕で体を支えて横たわった。毎回、怒りと屈辱が足指を曲げ、脚をこわばらせた。

「お願い、ミス・エセル。わたし、もうこれ以上、こんなことできません」

「もう、静かになさい」エセルは忍耐心を失いかけていた。「わたしが知るかぎり、これ以外にあんたが両脚を開いたときには、毎回だまされたんじゃないの。あんたは、太陽も裏切ると思ってるの？」

　四回目に、シーは体を楽にして、くつろいだ。一時間、体をこわばらせて横になっていると、とても疲れるからだった。彼女は、エセルの庭のバンタム・スイートコーンの茎を透かして、誰かがのぞき見をしているとか、その向こうのスズカケの木の後ろに誰かが隠れているかもしれないということは忘れた。十日間、このように太陽に身を委ねたことが、彼女の女性器を本当に癒したのかどうか、彼女には決してわからなかった。最後の日光浴がすんで、慎ましく揺り椅子にすわることを許されたとき、何よりも彼女を慰め、強くしたのは、エセル・フォーダムの厳しい愛だった。

この女性は、ポーチの上のシーの椅子の隣に椅子を引っ張ってきた。それから、二人の間のテーブルに、オーヴンから取り出したばかりの熱いビスケットの皿と、クロイチゴのジャムの壺を置いた。それは、シーが食べることを許された最初の薬物ではない食べ物で、最初の砂糖の味だった。エセルはじっと庭を見つめながら、静かに話した。

「あんたがまだ歩くことができないときから、あんたを知ってたんだよ。あんたには、あの大きくて綺麗な眼があったからね。でも、悲しみでいっぱいだった。あんたが、どんなにお兄さんにくっついて歩いていたかを見たよ。彼が町を出て行くと、あんたはあの神様の大気と時間の無駄にしかならない男と駆け落ちした。いま、あんたは家に帰ってきた。体はようやくよくなったけれど、あんたはまた駆け落ちするかもしれないね。自分が何者なのか、またレノーアに決めさせるなんて言うんじゃないよ。もしそんなことを考えているのなら、まずあることを話させておくれ。金の卵を産むガチョウの話を覚えている？　いかに農夫が卵を取り、いかに貪欲さに目がくらんで、ガチョウを殺してしまったか。わたしはいつも、死んだガチョウは少なくとも一回の美味しい食事にはなっただろうって考えてたわ。でも、金は？　はっきり言っちまうよ。金だけがレノーアの心にあった唯一の物なんだよ。彼女には金があって、金を愛し、それが彼女を他のみんなの上に置くって考えていたのさ。あの農夫とまったく同じように。どうして農夫は自分の土地を耕し、種を蒔き、何か食べるものを育てなかったのかねえ？」

シーは笑い、二枚目のビスケットにジャムを塗った。

「わたしの言うことがわかる？　自分に頼るのよ。あんたは自由。自分以外、誰もどんなものも、あんたを救う義務はないの。あんた自身の土地に種を蒔きなさい。あんたは若い上に女で、その両方に重大な制限があるわ。でも、あんたは人間でもあるのよ。レノーアや、どこかのろくでなしのボーイフレンドや、言うまでもないけれど悪魔の医者などに、あんたがどんな人間かを決めさせるんじゃないよ。そんなことをするのは奴隷制なんだ。あんたの心のなかのどこかに、わたしがいま話題にしている、自由な人間がいるんだよ。その人間を突き止めて、世の中で何かいいことをさせなさい」

シーはクロイチゴの壺に指を突っこんで、それを舐めた。

「わたし、どこにも行かないよ、ミス・エセル。ここが、わたしのいるところなんだから」

何週間も経ってから、シーはストーヴの前に立って、若いキャベツの葉を二本の足肉のハムで味つけしたスープがぐつぐつ煮えている鍋に押しこもうとしていた。フランクは仕事を終えて、ドアを開けたとき、またしても彼女がどんなに健康に見えるかに気がついた――つやつやした肌、具合が悪くて曲がってはいない、まっすぐな背中。

「やあ」と彼は言った。「自分を見てみろよ」

「ひどいの？」

「いや、元気そうだよ。具合がいいの？」

「そうよ。とても、とてもいいわ。お腹すいた？　これは、大したものじゃない食事なの。雌鶏を捕まえてほしい？」

「いや。お前が料理するものなら何でもいい」

「兄さんは、むかしママがフライパンで焼いたパンが好きだったことを知ってるわ。少し焼くわね」

「トマト、薄切りにしようか？」

「ええ」

「ソファの上のあの品物は、いったい何だ？」布の切れ端の山が、何日もそこに積み上げてあったからだ。

「キルトのための布よ」

「生まれてからいままで、ここでキルトが要ることあったかい？」

「いいえ」

「じゃあ、どうしてキルトを作るんだ?」

「お客が買うからよ」

「どんな客だ?」

「ジェフリや、マウント・ヘイヴンの人たちよ。グッド・シェパードのミス・ジョンソンが、わたしたちからキルトを買って、マウント・ヘイヴンで観光客に売るの。わたしのキルトがいいものになったら、ミス・エセルがそれを彼女に見せてくれるかもしれないから」

「いいね」

「いい以上なの。わたしたち、まもなく電気を引いて、水道を取りつける計画を立てたの。両方ともお金がかかるけど。電気扇風機だけでも、つける価値はあるわね」

「じゃあ、ぼくが給料もらったら、お前はフィルコの冷蔵庫を買うことができるな」

「どうして冷蔵庫が要るの? わたし、缶詰の作り方は知ってるし、他の必要なものは何でも外に行って、摘んだり、集めたり、殺したりすればいい。おまけに、ここで料理しているのは誰? わたし? それとも兄さん?」

フランクは笑った。このシーは、現実の悪意ある世界にほんの少し触れただけで、震えていた少女ではなかった。また、最初に言い寄ってきた男の子と駆け落ちした、十五歳にも満たない少女でもない。さらに、薬で眠らされていた間、自分の身に起きたことは何でもいいことだ、白衣がそう言ったからそうだと信じこんでいた家事手伝いでもなかった。フランクは、ミス・エセルの家で、すべてを見通す目を持った女たちに囲まれて過ごした何週間かの間に、何が起こったのかは知らなかった。彼女たちがこの世に大して期待していないことは、いつも見るからに明らかだ。イエス様とお互いに対する深い敬愛の念が彼女たちを一つにまとめ、人生における同類の人々よりずっと高い位置に置いていたのだった。彼女たちは、眼を覆ってくれる兄の手や、骨の震えを止めてくれる兄の腕を二度と必要としない新しいシーを、彼の許に届けてくれたのだ。

「あんたの子宮は、金輪際子供を産めないんだよ」

ミス・エセル・フォーダムが、彼女にそう告げた。悲しそうな、または心配そうな気配は見せず、掠奪的なウサギにやられたバービーの苗床を点検したあとのように、淡々と伝えた。そのときシーは、ボー博士に対してどういう風に感じればいいのかわからなかったのと同じように、この知らせをどういう風に受け取ればいいのか、わからなかった。彼女は怒ることのできない性質だった――あまりに愚かで、あまりに他人の機嫌を取ることに汲々としていたからだ。そして、いつものように、学校教育が欠けていたせいで思慮が足りないのだと思った。だが、自分の面倒を見て癒してくれた、熟練した技を持つ女性たちのことを考えた瞬間、そのような弁解は霧散した。彼女たちの何人かは、聖書の語句を他人から読んでもらわなければならなかった。文字が読めなかったからだ。そのため、そうした女たちは読み書きができない分を補う技術を研ぎすました。すなわち、完全な記憶、写真のように物を把握する知力、鋭い嗅覚と聴覚。その上、高学歴の悪党医師が掠奪したものの修復の仕方まで知っていた。学校教育の結果でないなら、何がそれを生み出したのか。

レノーアはシーの両親が意見を尊重する唯一の人間だったが、そのレノーアが幼い彼女に、愛されない存在、ほとんど堪えがたい存在としての「どぶ板生まれの女の子」という烙印を押したのだった。まさにミス・エセルが言った通り、シーはこのレッテルをもっともだと受け止め、自分を無価値な人間だと信じこんでいた。母のアイダは一度も「お前はわたしの子供。お前を心から愛してるよ。お前はどぶのなかで生まれたんじゃない。わたしの腕のなかで生まれたんだ。ここにおいで。お前をしっかり抱きしめさせておくれ」とは言わなかった。母親でなければ、誰かが、どこかで、こうした言葉を本気で言ってやるべきだった。

フランクだけが彼女を評価してくれた。彼の愛情は彼女を守ってはくれたものの、強くしてはくれなかった。強くしてくれるべきだったのか？　どうしてそれが彼の仕事であって、彼女自身の仕事ではなかったのか？　シーは、やさしくて愚かな女は誰も知らなかった。テルマも、サラも、アイダも、そしてもちろん、彼女を癒してくれた女たちも違う。男の子たちの相手をしていっしょに悪い遊びをするミセス・Kでさえ、髪を結い、彼女の結髪用台所のなかでも外でも、彼女といざこざを起こす人は誰でもひっぱたいた。

そういうわけで、自分しかいなかった。これらの人々がいるこの世界で、彼女は二度と救ってもらう必要のない人間になりたかった。悪党の嘘によってレノーアから、サラと兄の勇気によってボー博士から救ってもらう人間はもういやだ。日光浴をしようがしまいが、自分自身を救える人間になりたかった。彼女には精神があるのか、ないのか？　願うだけではそうした人間にはなれないし、自分を責めても同じことだ。だが、思考は役立つかもしれない。彼女が自分自身を尊敬しないなら、いったい他の誰が尊敬するというのか？

わかった。彼女は将来、慈しむ子供、母親としての地位を与えてくれる子供は、決して持てないだろう。

わかった。彼女には伴侶はいなかったし、おそらくこれから先もいないだろう。それがどうした？　愛？　まさか。保護？　ばからしい。金の卵？　笑わせないで。

わかった。彼女は文無しだった。でも、長い間ではない。生計を立てるだけの金を稼ぐ手立てを考え出さなければならない。

ほかに何がある？

ミス・エセルは悪い知らせをくれたあと、裏庭に出て、コーヒーのかすと卵の殻を混ぜ合わせて、植物の周囲の土に埋めこんだ。頭が空っぽになって、エセルの診断結果に反応することができないまま、シーは彼女を見守った。彼女のエプロンの紐から、ニンニクの小鱗茎を入れた袋が垂れ下がっている。アリマキアブラムシのためよ、と彼女は言った。ミス・エセルは攻撃的な庭師で、敵を阻止したり破壊したりして植物を育てた。酢を垂らした水をかけられて、ナメクジは丸まって、死んだ。大胆で自信家のアライグマも、その柔らかい足が、植物の周囲にめぐらした押しつぶした新聞紙や鶏舎用金網に触れると、鳴き声を上げて逃げていった。コーンの茎はスカンクからは安全な紙袋の下で安らかに眠っていた。彼女に世話をされて、ポールビーンズは曲線を描き、それからまっすぐになって、取り入れができる状態になっていることを示している。イチゴの蔓は宙をさまよい、堂々とした深紅の実が朝の雨のなかで光っていた。ミツバチはトウシキミに挨拶しようと集合して、その汁を飲む。彼女の庭はエデンではなかった。はるかにエデン以上のものだった。彼女にとっては、この掠奪的な世界全体が彼女の庭をおびやかし、その滋養と美しさ、その利点と要件を競いあっていた。そして、彼女はそれを愛していたのだった。

この世界で、シーは何を愛していたのか？　彼女はそれについて考えなければならない。

その間、兄が彼女といっしょにいた。これは、とても心の休まることだったが、彼女は以前ほど兄を必要としてはいなかった。彼は文字通り彼女の命を救ってくれたが、彼女は、泣くなよ、みんなよくなるさ、と言ってくれる、首の後ろに置かれた兄の手をほしがってはいないし、それがないのを寂しく思ってもいなかった。たぶん、ある点では、兄の言うとおりだ。でも、すべてにわたってではない。

「子供は産めないのよ」シーは彼にこう告げた。「絶対に」彼女はキャベツの鍋の下の炎を小さくした。

「医者のせいか？」

「医者のせいなの」

「気の毒に。シー。本当に気の毒に思ってる」フランクは彼女に近づいた。

「やめて」と彼女は言って、彼の手を押しのけた。「最初ミス・エセルに告げられたときは何も感じなかったんだけど、いまでは、そのことをずっと考えてる。なんとなく女の赤ん坊が、ここで生まれるのを待ってたような気がするの。その子はこの家のどこか空中の近いところにいて、生まれてくるのにわたしを選んでいたの。でも、いまは誰か他のお母さんを見つけなきゃならなくなったのよ」シーはすすり泣きをはじめた。

「おい、おい、シー。泣くんじゃないよ」とフランクはささやいた。

「どうして泣いちゃいけないの？　わたし、気が向いたら、みじめになってもいいのよ。わたしがみじめでなくなるよう、兄さんが努力する必要はないわ。みじめでなくなってはいけないの。これは当然とても悲しいことだけど、つらいからって、真実から隠れるつもりはないわ」シーはもうすすり泣いてはいなかったが、涙はまだほおを流れていた。

フランクはすわって、両手を握りしめ、その上に額を載せた。

「赤ん坊の歯のないほほえみってあるでしょ?」とシーは言った。「わたし、それを見続けてるの。一度はピーマンのなかに見たわ。別のときには、雲が曲線を描いて、それが……」シーはそのリストを言い終えなかった。ただソファのところに行き、すわって、キルト用の布を選り分け、さらに選り分けはじめた。ときどき、手の付け根で涙を拭きながら。

フランクは外に出た。前庭を行ったり来たりして歩いているうちに、胸のなかに羽ばたくものを感じた。若い娘にそんなことをしようとする人間がいるなんて? それも、医者が? いったい何のために? 彼の眼は熱くなり、よちよち歩きのとき以来、流したことのない涙になりそうなものを抑えようと、急いで瞬きをした。マイクを両腕に抱いたとき、あるいはスタッフにささやきかけていたときでさえ、彼の眼はこれほど熱くはならなかった。たしかに、視界がぼやけることはあったが、泣いたことはなかった。一度も。

混乱し、心の奥底からかき乱されて、彼は歩いて気をまぎらわすことにした。それで道を下り、小径を横切り、いくつかの裏庭の端を通っていった。ときどき行きあう隣人や、あるいはポーチで雑用をしている人々に手を振った。彼は、自分がかつてどんなにこの場所を憎んでいたかが信じられなかった。いまここは、新鮮であると同時に古く、安全であると同時に要求の多い場所であるように思われた。彼はレッチド川、ときには流れになり、ときには入り江になり、他のときには泥底になる川の岸に来て、あの月桂樹の下にすわった。妹ははらわたを抜かれて不妊になったが、打ち負かされてはいなかった。彼女は真実を知って、それを受け入れ、キルトを作り続けることができた。フランクはそのほかに心を悩ませるものがあるかどうか選り分け、それをどうすればいいか、考えてみようとした。

14

いますぐ、あなたに言わなければならないことがある。ぼくは、真実を全部語らねばならない。ぼくはあなたに嘘をつき、自分にも嘘をついた。ぼくはあることを、あなたに隠した。自分にも隠したからだ。ぼくは死んだ友達のことを悲しむのが、とても誇らしかった。どんなに彼らを愛していたことか。どんなに彼らのことを気にかけ、彼らがいないことを寂しく思ったか。ぼくの哀悼の気持ちはあまりにも深かったので、それがぼくの恥辱を完全に覆い隠してしまったのだ。

それから、シーが家中や、空中や、雲の形のなかに、女の赤ん坊がほほえんでいるのを見る、とぼくに言った。それが、ぼくを打った。ひょっとしたら、その小さな女の子は、シーの子供として生まれるのをその辺で待っていたのではないかもしれない。ひょっとしたら、それはすでに死んだ子で、ぼくが勇気を出して一部始終を話すのを待っていたのかもしれない。

朝鮮人の女の子の顔を撃ったのは、ぼくだ。

彼女が触れたのは、ぼくだ。

彼女がほほえむのを見たのは、ぼくだ。

彼女がヤムヤムと言った相手は、ぼくだ。

彼女が欲望を呼び醒まさせたのは、ぼくだ。

子供。ほんの小さな女の子。

ぼくは考えなかった。考える必要はなかった。

彼女が死ぬほうがよかった。

彼女が、ぼくのうちにあるのを自分でも知らなかった場所へぼくを連れて行ったあとで、どうして彼女を生かしておけようか。

ズボンのファスナーを下ろして、そこですぐさま、彼女にぼくを味わわせる、そんな場所にぼくが屈伏したら、どうしてぼくは自分を愛することができようか。自分であることにさえ耐えられようか。

そして再び、次の日も、また次の日も、彼女がごみを漁りにくるかぎり。

それは、どういうたぐいの男か？

そして、どういうたぐいの男が、一生の間にあのオレンジの価格を払うことができると考えるだろうか？

あなたは書き続けることができるけれど、真実を知らねばならないと、ぼくは思う。

15

翌朝の朝食のとき、シーは安定した新しい自分、自信があって明るく、多忙な自分に戻っているように見えた。玉葱のフライとじゃがいもをスプーンでフランクの皿に盛りつけながら、卵も食べるかと彼女は訊いた。

彼は断ったが、コーヒーのお代わりを頼んだ。彼は心を乱す容赦のない物思いに絡みつかれ、あれこれ考えながら眠れない夜を過ごした。いかに彼は、死んだ仲間に対するご大層な哀悼で、自分の罪と恥辱を包み隠してきたことか。昼も夜も、彼はその苦しみにしがみついていた。それが彼に責任を逃れさせ、朝鮮人の子供を隠してくれたからだ。いまその責任の鉤が彼の胸の奥に突き刺さり、どんなものもそれを外すことはできなくなった。彼が望みうる最上のことは、時がそれを緩めてくれることだった。その間、やらなければならない、やり甲斐のある事柄がいくつかあった。

「シー？」フランクは彼女の顔をちらと見て、その眼が乾いて、落ち着いているのがわかって、喜んだ。「ぼくたちがよく、こっそり忍んでいった場所はどうなったの？　覚えてるかい？　何頭か馬がいただろ」

「覚えてるわ」とシーは言った。「ある人たちがカード博打をする場所にしようと、あそこを買ったという話を聞いたわ。夜も昼も賭事をするんですって。あそこには、女の人もいたそうよ。そのあとは、闘犬をやってたっていう話よ」

「馬はどうしたの？　誰か知ってる人はいないかい？」

「わからない。セイレムに訊けば。彼は何も言わないけれど、起こってることはみんな知ってるのよ」

フランクはセイレムを探すために、レノーアの家に入るつもりはなかった。彼は正確に、いつ、どこで、セイレムを見つけることができるかを知っていた。老人はカラスのように規則正しく、習慣を守るからだった。彼はある時間には、友達の家のポーチに止まっていたし、特定の日にはジェフリまで翔んでいき、食事と食事の間にスナックをご馳走してくれる隣人たちをと信じていた。いつもの通り、夕食のあとでは、フィッシュアイ・アンダーソンの家のポーチに群がる人々に混じっていた。

セイレムを除くと、他の男たちはみんな退役軍人だった。二人の最年長者は第一次世界大戦で戦い、残りの連中は第二次世界大戦で戦った。彼らは朝鮮のことは知っていたが、それがどういう戦争だったかを理解していなかったので、フランクが考えるには、朝鮮戦争を正当に――まじめに――評価してはいなかった。退役軍人たちは、戦闘や戦争を戦死者の数によってランク付けしていた。この場所では三千人、塹壕では六万人、別の場所では一万二千人が死んだ、という風に。殺された兵士が多ければ多いほど、それだけ司令官が無思慮だったわけではなく、それだけその兵士たちが勇敢だったと見なされるのだ。セイレム・マネーは、軍隊の話とか、軍隊についての意見は持っていなかったものの、ゲームにかけては貪欲だった。いま彼の妻は大部分の時間をベッドか寝椅子で過ごさなければならなくなったので、彼はかつてないほど自由に近い立場になった。もちろん、彼は妻の愚痴を聞いてやらねばならなかったが、妻は言葉が不自由なので、彼女が何を言ってるのか理解できないふりをすることができた。もう一つありがたいことに、彼はいま金を自由に扱える身になった。毎月、彼はジェフリまで乗せてくれる人を探して、夫婦の銀行預金から必要なだけの金を引き出した。レノーアが預金通帳を見せてくれと頼む場合には、その言葉を無視するか、「心配するな。一セントにいたるまで無事だよ」と言うことにしていた。

ほとんど毎日、セイレムと彼の友達は夕食のあと集まって、チェッカーやチェスをやり、ときにはホイストをやった。フィッシュアイの家の雑多なものでいっぱいのポーチでは、二台のテーブルが常に備え付けられていた。釣り竿が手摺りに立てかけられ、野菜籠は家に持ち帰るばかりになっている。サイダーの空瓶や新聞など、男たちを居心地よくさせるためのさまざまな集積物が散らばっていた。二組のプレイヤーが駒を動かす間、他の連中は手摺りに寄りかかって、くすくす笑ったり、忠告をしたり、負けた人間をからかったりしていた。フランクはデトロイト・ダークレッド・ビートの籠をまたいで、見物人のグループの間に入りこんだ。ホイストのゲームが終わるとすぐ、彼はチェスの指し手のほうへ移動した。そこでは、セイレムとフィッシュアイが、次の一手と一手の間、長いこと熟考している。その合間に、彼は話しかけた。

「シーの話では、向こうの場所——ほら、馬がいたろ——種馬の飼育所だったところさ。いま、あそこじゃ闘犬をやってるってことだけど、その通りかい？」

「闘犬だって」セイレムは、口から洩れる笑いを吹き出すかのように、漏斗型に口を覆った。

「どうして笑ってるんだ？」

「闘犬。あいつらがやってることが、それだけなら、いいんだが。とんでもない。おやさしい神様のおかげで、あそこは少し前に焼け落ちたよ」セイレムは手を振って、次の一手に集中しているのだから邪魔をするな、という意思表示をした。

「あそこの闘犬のことを知りたいのかい?」とフィッシュアイが尋ねた。彼は邪魔が入って、ほっとしたように見える。「闘犬のように人間を闘わせるゲームだ、と言ったほうがいいかな」

別の男が声を上げた。「お前は、泣きながらここにやってきたあの男の子を見なかったのか? 何て名前だったけな? アンドリュー、あいつの名前を覚えてるか?」

「ジェロームだ」とアンドリューが言った。「兄貴の名前と同じだったんだよ。だから、覚えてるんだ」

「そうさ。ジェロームだった」フィッシュアイは膝を打った。「彼がおれたちに語ったところによると、やつらは彼と彼の親父さんをアラバマから連れてきたそうだ。ロープで縛って。それから、お互いを闘わせたんだ。ナイフで」

「違う。飛び出しナイフさ。そう、飛び出しナイフだった」セイレムは手摺り越しにつばを吐いた。「死ぬまでお互いに闘わなくちゃならなかった、って言ったよ」

「何だって?」フランクは喉が詰まるような気がした。

「その通りさ。一方が死ななくちゃならなかったんだ。あるいは、両方が。やつらは、どちらが勝つか、賭けたんだよ」セイレムは顔をしかめ、椅子のなかで身をよじった。

「男の子が言うには、二人はお互いにほんの少し切傷をつけたそうだ——血が一筋流れるくらいにね。ところが、ゲームの決まりは、生き残ったやつだけが出て行くことができることになっていた。だから、二人のうちの一人が相手を殺さなきゃならなかったんだ」アンドリューは頭を横に振った。

男たちが自分たちの知っていること感じたことを、お互いの発言の間や発言中に挟むので、まるでコーラスのようになった。

「あいつらは闘犬は卒業したんだ。人間を犬の代わりにしたってことよ」

「そんなの、耐えられるか？　親父を息子と闘わせるなんて？」

「男の子は親父に〝いやだ、父さん、いやだ〟って言ったそうだ」

「親父は息子にこう言った。〝やらなくちゃならないんだ〟ってね」

「それが、悪魔の決断なんだ。どちらに決めても、確実に地獄行きだからな」

「それから、息子がいやだと言い続けていたので、親父が息子にこう言ったそうだ。〝おれの言う通りにしろ。これは最後の命令だ。やるんだ〟ってね。息子は親父に〝父さんの命を奪うなんてできないよ〟って言った。すると、親父は〝これは命じゃない〟って言った。その間に、群衆は酔っ払って憤激していたので、ますます怒り狂って〝ペチャクチャ喋るのはやめろ。闘え、畜生、闘え〟って怒鳴っていたそうだ」

「それで？」フランクは息苦しくなった。

「それで、どうなったと思う？　彼はやったんだ」フィッシュアイは今一度、激怒していた。「泣きながらここに来て、おれたちにすべてを語ってくれた。何もかもだ。かわいそうに。ローズ・エレンとエセル・フォーダムが、彼のために小銭を集めてやった。彼がどこかに行けるように。メイリーンもだ。おれたちは彼のために着るものも集めてやった。すっかり血だらけだったからな」

「保安官が血を滴らせている彼を見たら、その日に即刻刑務所行きになるからね」

「おれたちはラバに乗せて彼を連れ出してやった」

「彼が勝って手に入れたのは命だけだったが、そのあと、その命が彼にとってうんと価値があったかどうかは疑問だな」

「あいつらは、こうした惨劇を真珠湾攻撃までは止めなかったと思うよ」と、セイレムが言った。

「それは、いつのことです？」フランクは歯を食いしばった。

「いつって、何が？」

「息子のジェロームがここに来たときのことだよ」

「うんと昔だね。十年か十五年前だと思うよ」

フランクは背中を向けて立ち去ろうとしたが、もう一つの疑問が頭に浮かんだ。「ところで、馬はどうなったの？」

「売っぱらったんだと思うよ」とセイレムが言った。

フィッシュアイがうなずいた。「うん、食肉処理場にね」

「何だって？」信じがたい、とフランクは考えた。

「戦時中、馬肉は配給制にならなかった唯一の食肉だったんだよ。わかるか？」とフィッシュアイが言った。「おれ自身、イタリアで食ったことがあるよ。フランスでも、だ。味は牛肉にそっくりだが、牛肉より甘いな」

「古き良きアメリカ合衆国で、お前だって食ってるけど、知らなかっただけさ」とアンドリューが笑って言った。

セイレムはチェス盤に戻りたくてうずうずしていたので、話題を変えた。「お前の妹の具合はどうだ？」

「治してもらいました」とフランクは答えた。「もう大丈夫です」

「おれのフォードがどうなったか、話してくれたかい？」

「それは、彼女がいちばん思い出したくないことですよ、お祖父さん。あんたの心のなかでも同じにするべきですね」

「そうだな」セイレムはクイーンを動かした。

16

シーはキルトを渡すのを拒んだ。フランクはあることのため、彼の心を悩ましているあることのために、それをほしがった。そのキルトは、彼女が自分で作った最初の作品だった。彼女が痛みや出血もなくすわることができるようになるとすぐ、近所の女たちは病室を占領して、布の選り分けを始めた。そして、その間、彼女の医療のことや、イエス様が気づいてくれるのに最も役立つお祈りの仕方などについて議論した。彼女たちは歌も歌った。その間にも、彼女たちは、みんなが同意した構図でさまざまな色の布を縫い合わせた。シーは自分の作ったキルトはあまりいい出来ではないことを知っていたが、フランクは完璧だと言った。何が完璧なの？　彼は答えようとはしなかった。

「さあ、シー。ぼくはキルトが要るんだよ。そして、お前もいっしょに来なくちゃいけない。

ぼくたちは二人とも、そこにいなくてはならないんだ」

「いなくてはって、どこに？」

「ぼくを信じろ」

彼は夕食に遅れた。ドアから入ってきたフランクは、汗をかき、ずっと走り続けていたかのように息を切らしていた。サンドペイパーで磨いた定規くらいの大きさの木片が、後ろのポケットから突き出ている。彼はシャベルを持っていた。

シーは、いやだ、と言った。絶対にいや。そのキルトは雑な作りかもしれないが、彼女はその平凡な模様とでたらめな色合わせが気に入って、それを大事にしていたのだった。フランクはしつこく要求を繰り返した。彼の汗と眼のなかの堅い決意を見て、シーは、彼が何をしようとしているかは知らないが、それは彼にとって非常に重要なことなのだとわかった。いやいやながら彼女はサンダルを引っかけ、兄が肩にかついでいるキルトの凡庸な出来にきまりの悪い思いをしながら、あとについて行った。二人を見た人は、彼らが魚釣りに出かけるところだと考えたかもしれない。五時に？　シャベルを持って？　ありえない。

二人は町の端に向かって歩いていき、それから荷車道――二人が子供のとき、たどったのと同じ道――のほうへ曲がった。シーは薄いサンダルのため歩きづらく、何度も石につまずいた。すると、フランクは歩く速度を落として、彼女の手を取った。彼に質問しても無駄だった。とうの昔のこと、二人が手に手を取って未知の領域の冒険に出かけたときとちょうど同じように、シーは黙って兄といっしょに歩いていった。いま彼女は他の人の望むことをする昔ながらの自分に逆戻りしたことに困惑してはいたが、それでも兄に協力した。今回だけよ、と彼女は自分に言い聞かせた。もうフランクに、わたしに代わって物事を決めてもらいたくはないのだから。

知覚は変わるものだ。年月が経つにつれて、野原は縮んできたような気がするし、子供にとって三十分待つことは、一日と同じほど長い。岩がちの道を五マイル歩くのに子供のときと同様二時間かかったが、子供のときには永遠のように、家からは遠い、はるかに遠いところのように思われたものだった。あれほど頑丈だったフェンスは大部分が崩壊しており、髑髏の輪郭や同じ脅迫的な文章が書いてあった何枚かの看板はなくなっているか、背の高い草のなかから突き出た単なる影の警告になり果てていた。シーはこの場所に気づくと、すぐ「みんな焼け落ちたのね。知らなかったわ。兄さんは？」と言った。

「セイレムが話してくれたけど、ぼくらはそこへは行かないよ」フランクは歩き出す前にしばらく眼の上に手をかざし、それからフェンスの残りをたどりはじめた。突然彼は立ち止まり、大地を調べ、探していた場所が見つかるまで、草の間の地面を踏みつけ、ところどころ踏み固めた。

「うん、ここだ」と彼は言った。彼はキルトをシャベルに持ち替え、掘りはじめた。

とても小さな骨だった。衣服の切れ端もほんのわずかだった。しかし、頭蓋骨は綺麗で、ほほえんでいる。

シーは唇を噛み締め、強いて眼をそらさないようにした。いかに罪深い行為であろうと、世界で行なわれている虐殺をまっすぐ見ることのできない、恐れ戦く子供にはなるまいとしたのだ。今回、彼女は縮みあがりもしなければ、目を閉じもしなかった。

注意深く、実に注意深く、フランクはその骨をシーのキルトの上に置いた。彼の力のおよぶかぎり最善を尽くして、その骨をかつて生きていたときの形に近くなるように並べた。キルトは、ライラック色、深紅、黄色、濃いネイヴィ・ブルーの経帷子になった。二人はいっしょに布を畳み、両端を結わえた。フランクはシャベルをシーに渡し、その紳士を両手に抱えて運んだ。二人は荷車道に引き返し、それから、ロータスの端から外れて、小川のほうへ向かった。そして、すぐ例の月桂樹の木を見つけた――真ん中を断ち割られ、頭を切られていたが、まだ死んではいない――一方を右に、もう一方を左に、両腕を伸ばしている。その木の根元に、フランクは骨を包んだキルトを置いた。最初は屍衣となり、いまは柩となったキルトを。シーは彼に、シャベルを手渡した。彼が掘っている間、彼女はさざなみを立てている小川と、向こう側の土手の木の葉を見つめた。

「あれは誰？」シーは川の向こうを指差した。

「どこだい？」フランクはそちらを見ようと、振り返った。「誰も見えないぞ」

「もう行っちゃったんだと思うわ」だが、確信はなかった。彼女には、おかしなスーツを着て、時計の鎖を揺すっている小柄な男のように見えた。その上、にやっと笑っていた。

フランクは幅三十六インチ、深さ四、五フィートの穴を掘った。それには少しばかり苦労した。月桂樹の根が邪魔者に抵抗して、反撃したからだ。太陽は赤くなり、まさに沈もうとしていた。蚊の群れが水の上で震えている。ミツバチは巣に戻っていた。蛍が夜を待っている。ハチドリが突ついたマスカットのかすかな香りが、墓掘り人を慰めてくれた。ついに仕事が終わったとき、心地よい微風が起こった。兄妹はクレヨン色のキルトを、垂直な穴のなかに滑りこませた。その上に土をかぶせ終えると、フランクはポケットから二本の釘とサンドペイパーで磨いた木片を取り出した。それから、岩のかけらでそれを木の幹に打ちつけた。一本の釘は曲がって役に立たなくなったが、もう一本の釘は、彼が木の墓標の上に書いた言葉がよく見えるように、木片をしっかり留めつけた。

ここに一人の男が立つ

希望的観測かもしれないが、彼は月桂樹が喜んで賛成してくれたと断言することができるような気がした。そのオリーヴ・グリーンの葉が、丸々としたサクランボ色の太陽の光のなかで荒々しく揺れた。

17

ぼくは長い間そこに立って、その木を見つめていた。
それは、とても強く見えた。
とても美しく。
ちょうど真ん中が傷んでいるが
生きていて、健やかだ。
シーがぼくの肩に触れた
そっと。
フランク？
うん？

さあ、兄さん、帰りましょう。

※このあとがきには物語の結末に触れる部分があります。

訳者あとがき

一九九七年にトニ・モリスンは「ホーム（"Home"）」と題するエッセイを発表した(1)。このなかで、モリスンは「ホーム」を「人種というものが問題にならない世界」、朝、銃口を突きつけられて目覚めるのではなく、「心理的にも身体的にも安全な社会的空間」と規定している。しかし、こういう世界は一種のエデンの園かユートピアのようなもので、現実の世界には存在しないと述べ、これを夢物語や、単なる憧れ、ないし無益な欲求ではなく、現実にわれわれが支配し、何かをなすことのできる近代的な人間行動の場とするにはどうすればよいか、という問題提起をしている。この「ホーム」という概念は「家（house）」とは異なり、人種差別的な構造物を排した、自由で、平等な世界を指す。

人間は元来人種という属性を越えることはできず、人種の区別があるかぎり「人種の家」に住まねばならないのであれば、「少なくともそれを建て直して、むりやり人を閉じこめる窓のない牢獄、いくら叫んでもその声を聞いてはもらえない壁の厚い、出入りが不可能な建物ではなく、大地にしっかりと据えられ、窓やドアがふんだんにある開放された家」にしたいと彼女は言う。

だが、それは「ホーム」と言えるようにするため、多様性とか多文化主義といった名前を付してモデルチェンジした建物ではなく、根本から改革された新しい概念にもとづく明るい社会でなければならない、と言う。そして、このような社会を実現するため、彼女は作家として「人種差別的な言語に埋めこまれた欺瞞、盲目性、無知、麻痺、純粋な悪意の堆積物を削り落とし、異なる種類の知覚を用いるだけでなく、それが必要不可欠なものとなる」ような世界を生み出す努力を重ねているのだと述べている。こうして彼女は「ホーム」に対する自分の考えを自作の文章を引用しながら克明に述べているのだが、この「ホーム」と「人種」という二つの概念は、モリスン文学における最も重要な思想の基となる概念だと言うことができる。

ここに訳出した最新作にモリスンが「ホーム」という題をつけているのは、この小説が右の概念の単純な図式化でないのはもちろんだが、彼女がそれだけこの作品に重要な意味と思想を盛りこんでいる証左であろう。この小説は原文ではわずか一四五ページの短いものながら、そのなかに描きこまれているのは、これまでのモリスン文学のエッセンスと言っても過言ではない。非常に単純化すれば、この小説は美しい兄妹愛の物語だと言えるが、そのなかで扱われている主題は、多種多様で、数多く、奥が深くて、重い。

主人公は朝鮮戦争から帰還した退役軍人のフランク・マネー。その妹はシーことイシドラである。二人の子供時代は悲惨なものだった。まずフランクの家族は、彼が四歳のとき、二十四時間の期限つきでテキサス州バンデラ・カウンティから着のみ着のままで追い出され、遠い親戚を頼ってジョージア州ロータスに引っ越してきた。飼っていた豚も馬も土地も作物も、みんな置いて来なければならなかった。そのとき、フランクの母親は妊娠しており、ロータスの目的の家に着かないうちに時満ちて、教会の地下室でシーを産んだ。

そのため、シーは義理の祖母、レノーアから事あるごとに「どぶ板生まれの女の子」と罵られて育ち、その言葉を真に受けて、自分は教育も教養もない無価値な人間だと思いこんでいた。両親はそれぞれが二つの仕事を持って朝早くから夜晩くまで働いていたため、疲れきって子供に愛情を注いでやる余裕はなく、シーを心から愛し保護し守ってくれるのは四歳年上のフランクだけだった。そのためか彼女は世間の醜い現実や残酷な事件を垣間見ただけで、全身の震えが止まらないほど傷つきやすく、かよわい少女になっている。

ところが、その兄が入隊してロータスを出て行くと、心細さと信じやすさの虜となり、最初に言い寄ってきた都会的な男の言いなりになり、結婚してアトランタに行ったものの、一ヵ月も経たないうちに捨てられ、見知らぬ土地で、一人で生計を立てて行かねばならなくなった。二、三職探しをしたのちに、彼女は白人の医師の家にヘルパーとして住みこみ、その医師から実験材料として扱われ、生死の境をさまよう悲劇的情況に立ちいたる。

ロン・チャールズは、この医師に『ビラヴド』に登場する「狡猾な教師の現代版」(②)を見るが、黒人女性の身体を科学的に観察する点では同じでも、救出が一日遅れたら生命の危険があったことや治癒しても子供が産めない体にした点では「教師」以上に許し難い。

しかし、フランクに救出されて、シーはロータスのミス・エセルの家に運ばれ、村中の信仰篤き女たちから交替で看病されるうちに、強くて主体性のある女性に生まれ変わる。彼女はミス・エセルから、自分の価値を他人に決めさせるな、頼るものは自分しかいないのだから、しっかりと目を開け、自分の土地に種を蒔き、自分のなかの自由で価値のある人間を突き止めて、世の中に役立つことをしなさいと諭される。また、貧しく、教育はないが知恵があり、技術を身につけた田舎の女たちから多くを学び、自分の運命は自分で決める精神的に逞しい女性に成長する。そして「あんたはまた駈け落ちするかもしれないね」というミス・エセルに対して、「わたし、どこにも行かないよ……ここが、わたしのいるところなんだから」と言う。苦難の果てに、ついに「ホーム」を見いだしたのだ。こうした女性の自覚と自立の経緯は、すべての作品を通じてモリスンが読者に訴えかける大きな主題の一つであって、どんなに強調しても、しすぎることはない。また、共同体の女たちの看病によって、シーが命を取り戻すくだりでは、『ビラヴド』と同様、共同体の女たちの一致団結した支えが非常に重要であることが、示唆されている。

では、フランクのほうはどうか。彼は、戸別の水道設備や屋内便所もなく、歩道も学校も劇場もないロータス、閉鎖的で、向上心がなく、将来のことも考えず、ひたすら生き残ることだけを考えて暮らすそこの住民が大嫌いで、一刻も早く、そこを逃げ出したがっていた。そして、軍隊に入ることのできる年齢に達するが早いか、二人の親友といっしょに軍隊に入り、あちこち移動させられたあと、朝鮮に送られた。そこで、彼は愛してやまない二人の親友を喪《うしな》って悲しみのどん底に落ちた上、朝鮮人の少女を撃つという大罪を犯し、それがトラウマになって精神に異常をきたしている。彼は朝鮮でたくさんの敵兵や敵国人を殺戮したが、それは匿名性の罪であるため、さほど良心の呵責は感じない。彼が悩みに悩んで苦しみ、心を押しひしぐ罪悪感の鋭い鉤《かぎ》から逃れようとあがくのは、朝鮮人の少女を撃った罪の意識のためである。これは、性と欺瞞と喪失の悲しみが微妙に絡み合った複雑な心の作用であって、一生その鉤からは逃れられそうにない。出来ることはただ一つ、ひたすら時間の癒しがその切っ先を緩めてくれるのを待つだけだ。

しかし、彼はささやかながら贖罪の行為をしないではいられない。四歳のとき、穴に放りこまれるのを垣間見た黒人男性の遺体を掘り起こし、シーの作ったキルトに包んで、川辺の月桂樹の根元に丁寧に埋葬し直すことによって、幼年時代から続いてきた悪夢から逃れ、朝鮮人の少女に対する罪の贖いをしようとする。これは彼一人の、贖罪とも言えない、形だけの贖いの行為かもしれないが、彼はこの行為によって、おそらくは精神の均衡を取り戻すだろうと、読者は推測したくなる。その意味で、これは一つの象徴的な行ないであって、『ホーム』は贖罪の物語だと言うこともできよう。

その証拠に、最後のこの川辺の情景は実に和やかで、美しい。真っ赤な太陽はまさに沈もうとしており、心地よい微風が起こり、かすかなマスカットの香りが漂ってくる。そして、なつかしい月桂樹の緑の葉が、彼の行為に同意するかのように、荒々しく揺れる。この光景のなかに、かつてフランクがジョージアに帰る列車のなかで見かけた、おかしなズート・スーツを着た男の姿が一瞬シーの視界をよぎる。この男が超自然的な存在であることは、列車の客室に現われたとき、彼がすわっていた座席には全然くぼみが出来なかったことや、フランクのベッドのそばに現われ、彼が誰何するとすぐ消えてしまったことからも明らかだろう。

では、この男にはどんな意味があるのか。レア・ヘイガー・コーエンは、この男を「フランクのあやふやな心理状態の表われ」③と考え、サラ・チャーチウェルは、「フランクはマルコムXを想起しているのだろう」④と述べている。マルコムXは、空色のズート・スーツを着てハーレムの通りを闊歩していたと、その自伝に書いてあるからだ、と言う。

しかし、わたしはこの男の登場に宗教的な意味を見たい。『パラダイス』にも、神に似た超自然的人物が登場する。最初にこの人物が現われるのは、ビッグ・パパのゼカライアが息子のレクターといっしょに一晩中森のなかで祈っていたときだ。その夜、空が白むころになって、巨人の足音のような轟く音とともに姿を現わしたのは、黒いスーツを着た小柄な男だった。ゼカライアはこれを神のお告げと見て、この地に自分たちの町を築く。また、この男のヴァリエーションとは見られる人物が、双子の妻、ダヴィの庭にも、メアリ・マグナに死なれたあとのコンソラータの許にも現われ、この事件がコンソラータの新しい宗教創始のきっかけになっていることは容易に想像できる。その意味で、『ホーム』に登場するこの小柄な男も、一種の神の使者か代理人と見做すことができよう。したがって、このおかしなズート・スーツの男は、平衡を失った彼の精神の不調を癒し、二人の兄妹に生きる希望を与える働きをしているのではなかろうか。原罪と神の救いを見ることもできる。

さらに、妹が経てきた苦難と、それにもかかわらず雄々しく生きようとする彼女の姿に、彼は奥底から心を揺すぶられ、幼い子供のとき以来流したことのない涙を流す。彼はこうした心理状態で歩きながら、行き合う人々に手を振って挨拶し、「自分がかつてどんなにこの場所を憎んでいたかが信じられなかった」。つまり、フランクも長い苦難の旅を経て、ホームを見いだしたのだ。そして、ホームを「ホーム」たらしめているのは、自分たちの努力と新しい心構えを措いてほかにないことを悟る。

最後に、フランクがなつかしむ川辺の月桂樹は、「真ん中が傷んでいるが、生きていて、健やか」だ。この木は、健気な兄妹のこれからの生活を象徴しているように思われる。さまざまな意味で『ホーム』は、モリスン文学の傑作と言うべきだろうと、わたしは考えている。

最後に、この翻訳の機会を与えてくださった早川書房ならびに、編集その他の面で多大なお世話になった永野渓子氏に、この紙面を借りて心からお礼を申し上げる。

二〇一三年十二月

注

①Toni Morrison. "Home." in Lubiano, Wahneema(ed.) ***The House That Race Built.*** Vintage Books: New York, 1998.

②Charles, Ron. "Toni Morrison's 'Home,' a restrained but powerful novel." ***The Washington Post.*** April 30, 2012.

③Cohen, Leah Hager. "Point of Return." ***The New York Times.*** May 17, 2012.

④Churchwell, Sarah. "Home by Toni Morrison — review." ***The Guardian.*** April 27, 2012.

本書では一部差別的ともとれる表現が使用されていますが、これは本書の歴史的、文学的価値に鑑み原文に忠実な翻訳を心がけた結果であることをご了承下さい。

訳者略歴　1931年生，早稲田大学大学院文学研究科博士課程修了，早稲田大学名誉教授
著書『トニ・モリスン―創造と解放の文学―』（平凡社）『人物書誌大系35　トニ・モリスン』共著（日外アソシエーツ）　訳書『青い眼がほしい』『パラダイス』『ラヴ』『マーシイ』トニ・モリスン（早川書房刊）他多数

ホーム

2014年1月20日　初版印刷
2014年1月25日　初版発行

著者　トニ・モリスン
訳者　大社淑子《おおこそよしこ》
発行者　早川　浩
発行所　株式会社早川書房
東京都千代田区神田多町2－2
電話　03－3252－3111（大代表）
振替　00160－3－47799
http://www.hayakawa-online.co.jp

印刷所　中央精版印刷株式会社
製本所　中央精版印刷株式会社
Printed and bound in Japan
ISBN978-4-15-209435-3　C0097
乱丁・落丁本は小社制作部宛お送り下さい。
送料小社負担にてお取りかえいたします。

チャイルド・オブ・ゴッド

Child of God

コーマック・マッカーシー
黒原敏行訳

46判上製

一九六〇年代のテネシー州。暴力的な若者レスター・バラードは、家族を失い、家を失い、荒々しい山中でひとり暮らしはじめる。次第に社会とのつながりさえ失われていくなか、彼は凄惨な犯罪に手を染める。『ザ・ロード』でピュリッツァー賞を受賞したアメリカの巨匠が、歪んだ欲求、極限的な孤独と闇を、詩情あふれる端整な筆致で描き上げた傑作。ジェームズ・フランコ監督映画化

早川書房の文芸書

冬の眠り

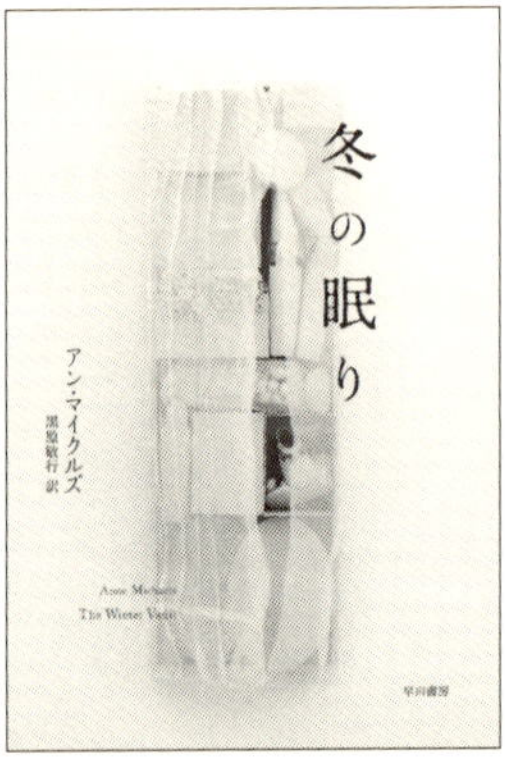

The Winter Vault

アン・マイクルズ

黒原敏行訳

46判上製

一九六四年。新婚の夫婦がナイル川のハウスボートに滞在していた。神殿の移築工事に関わる技術者の夫。植物を深く愛する妻。カナダの涸れた川のほとりで出会った二人は、壮麗な神殿が切り出される様子を見守りながら、ひそやかに互いの記憶を語りあう。しかし、穏やかに寄りそっていた二人は思いがけない悲劇に翻弄されて――。『儚い光』のオレンジ賞受賞作家が、詩情あふれる筆致で様々な喪失のかたちを探訪した傑作文芸長篇